中沙经典和现当代作品互译出版项目
مشروع النشر الصيني - السعودي للأعمال الكلاسيكية والحديثة

航海去远方

أن تبحر نحو الأبعاد

[沙特] 海丽雅·萨戈夫 著
张洪仪 译

五洲传播出版社

图书在版编目（CIP）数据

航海去远方 ： 馆配版 / （沙特） 海丽雅·萨戈夫著 ；
张洪仪译. -- 北京 ： 五洲传播出版社， 2024. 8.
ISBN 978-7-5085-5261-3

Ⅰ. I384.45

中国国家版本馆CIP数据核字第20241S5A56号

出 版 人：关 宏
责任编辑：杨 雪
助理编辑：周晓彤
装帧设计：红方众文 张 芳

航海去远方

作 者：［沙特］海丽雅·萨戈夫
译 者：张洪仪
出版发行：五洲传播出版社
地 址：北京市海淀区北三环中路31号生产力大楼B座6层
邮 编：100088
网 址：www.cicc.org.cn，www.thatsbooks.com
电 话：010-82005927，010-82007837
印 刷：北京市房山腾龙印刷厂
开 本：889mm × 1194mm 1/32
印 张：4.25
字 数：90千字
版 次：2024年8月第1版
印 次：2024年8月第1次印刷
书 号：ISBN 978-7-5085-5261-3
定 价：58.00元

目录

序

人啊，

我永恒的问题，

现实，我从你那里汲取，你是我全部的空间和维度。当人们站立在你的画框里，我将他们放到地面，但愿他们没有办法去纠正故事中的自己。你的故事就在地面与我的笔端之间展开。

很多人都会写下他们的所思所想，把自身的经历与以往的积淀融合在一起。

我手中描绘的这些画面，正是对现实中鲜活生命运动的直接描述，或属个别，或有些刻板僵硬，但却在与思想对话。

我赋予它感觉，因为我在感觉。

人啊，你是直感的来源。

但愿人们无法预料我的结束与开始。

因为，我的词语是架在地面和纸张之间的一座桥。

海丽雅·萨戈夫

利雅得

伊历 1402 年

看母亲一眼，就足够了

我惊讶，

当面纱戴在脸上，和脸一起被遮蔽起来的是内心。

静默、难过、黑暗，好似山洞一样。

她的眼前是一个奇异的、模糊的可怕世界。

过去与现代的脚步给这世界编织起一张张蜘蛛网，沉默、威严、恐惧的网，让这世界大喊：受够了。

她遭遇了不幸，顽石一般的不幸，最结实的那种顽石。圆月般的美丽面容消失了，羞涩的她不再讲话。

若不是她自己的几下触摸，她整个脸就像被一块块乌云笼罩。乌黑的短发挡住她的两颊，就像两只手抱着一个黑镜框。

过去与现在好像要从她的鼻孔中喷溅出来。

她颤抖，惊恐，就像一只小母兽，很快便又将犀利的目光埋下，自问：

我怎么了？

她一会儿恐惧，惊慌，挣扎；一会儿，又要抉择，在所看见的和所感受到的之间做个抉择。

她哭了，但是没有一滴眼泪，生生地把眼泪压制在自己的眼眶里：

这一刻，我把全部的生命集于两只眼睛里，不由自主地将目光投向我面前的桌子。

太残酷了，一个人将性命放在手心。太痛苦了，一个刚刚摆脱了恐惧和无奈的人，要极不情愿地接受一个现实。

她那锁在眼眶里的泪水，每一滴都像是一根棍子，劈向过去和现在，都像是被炭火烧弯了的钢鞭，鞭笞逝去的、结束了的、消散了的时光。

她渴望获得片刻的宽慰，而接受是多么难啊，接受一个父亲——我的父亲犯下的错误，难道不残忍吗？

她，站在那个人面前，而她，坐在桌子后面。

她是一个正在求学的学生，远离家人，孤独无助。太孤独了！虽然这是一个侨居的时代，甚至有时候，人在异乡竟然感觉自己在家享受浓浓的亲情呢！

桌子后面坐的是女校长。

事件：恐惧、被发现、窘迫、不得不承认的时刻

“夫人，我的错误我承认，但是。啊，但愿你明白。”

“要是不说实话，你就等着受罚吧。”

“但愿他们知道，学校里的学生也是人啊！”

“不想说，是吗？”

“哎，夫人，您知道，我太了解您处在情感与责任之间有多尴尬了！”

“为什么不出声，孩子？”

“啊，孩子？您管我叫孩子？那夫人，这说明您是个人，我也是人！”

“孩子，直说吧，你为什么做了那事？”

“我必须勇敢，我面前是一个有血有肉的人，我们之间没有障碍，我必须说，主动说。”

“我……我，夫人。”我结结巴巴地，突然地说，

“您能和我父亲谈过吗？您应该和他谈谈，但是？”

什么事让她和他父亲无法沟通？从她的眼睛里可以看到，她眼前是一个模糊的世界，她孤独、悲伤，就像钻进了黑洞。有一道小桥连接着她那两只明亮的像月亮的眼睛，但是羞涩令她张不开口。她面前仿佛有一张网，恐惧织就的网，我记得，她是以孤儿的身份登记入校的，怎么……怎么出了个父亲。

“不，孩子，我还没有和你父亲谈。”

她喘了一口气，哭了，强忍的泪水流了下来，那泪水好似一座桥，连起了两颗心，学生的，和校长的。

夫人啊，夫人。我站着等大巴。

我不知道在这条路上会遇到什么。

我想让自己早点清醒。

假如我知道要站在这儿等这么久，而一切结果都在您的这张办公桌上，我就会在自己的头上压上几十个枕头，一动也不动，不梳小辫，也不扎丝带，那丝带给我那样多的想象，好像看见天园，那里微风习习，花红柳绿，莺歌燕舞。

我的心为那景色振奋，像雨点的闪光随着微风扫过我的脸，给我神圣、敬畏的感觉。

一张纸落在地上，校长收回了刚才的犀利的语气。

父亲：

记的那年春天，我站在那块岩石上迎着你的目光。那时我像花园里的蝴蝶快乐地飞来飞去，又高兴又兴奋。你抱着我，妹妹莱密丝生气了，弟弟阿拉嫉妒得直哭，大我几岁的哥哥艾哈迈德抗议地说："你总是惯着她，父亲，她现在调皮又执拗，净捣乱。" 穆罕迈德是我们当中最稳重的一个，回应说："拉哈会长大的，她会变成一首'雨的颂歌'。"那时候他非常喜欢伊拉克诗人白德尔和他的诗《雨颂》[1]。

那个阴沉沉的晚上，我们所有孩子在你和妈妈的争吵声中醒来，那是一个可怕的夜，一个凶兆。我们的心在颤抖，我们的臂膀就像脆弱的、透明的、柔软的丝线被天上的乌云紧紧抓着。长着利齿的乌云对着我们张牙舞爪。

美丽的夜晚霎时间充斥一片哭泣之声，哭是孩子的办法，只要有需求，我们就会哭。

我记得那天晚上，你威胁妈妈：我要和你离婚，离婚！离婚，死亡，自杀，黑暗，失望，蜷缩，孤独……我默默数着自己的呼吸：

惊恐，害怕，我们从来不知道的这种深藏心底的东西油然而生，缠着我们的脖颈。

早上起了床，其实我们一夜都没睡，门外的蛐蛐儿仍然在叫唤，你抓起皮包狠狠地摔门而出，我们跟上去，黏住你，想要阻止你离去，我们抱住你的脖子，揪着你的外衣，你的脖子那一天变得那样坚硬富有弹性，你的衣裳却难逃我们的撕扯。

你往地上吐了口痰，有痰液溅到我手上，我没有去擦。

1. “雨颂”：伊拉克 20 世纪 50 年代浪漫主义诗人白德尔的著名作品。

我即使擦了痰，能擦掉你们这过错吗？

母亲躺倒在地，她痛苦不堪，生了病。

因为她不再是你的亲人，也不再是这个国家的人，她带着自己的身份证件，走了。

那一天，你们两个合伙拆散了我们的家。

直到今天，我们仍然不知道为什么。当你们合伙拆散了我们，我们不得不习惯分离的日子。

我的兄弟姐妹们还好，可我彻底破碎了，因为我曾经是那只轻盈的蝴蝶，你们剪断了她的翅膀，令她一落千丈，一头扎进你们罪过的泥沼。

你们谁都不再陪伴我了，我不知道原因，至今。

时光飞逝。

有一天，我看到一份废弃的报纸在椅子下面扔着，母亲不在家，没有人去整理，莱密丝比我更坚强。

我读了报纸，一则全日制学校招生的标题吸引了我，欢迎每一个失去了父母亲的孩子报名。我现在没有父母了！

我找到这所学校，成了这里的学生。我知道什么是孤儿，尝过孤儿悲惨的滋味。那一天，我忘了自己还有父亲给我的身份，那是一张记录着很多人姓名的登记表。

阿卜杜勒·马吉德·阿卜杜拉	职员 已婚
麦阿尼·艾哈迈德	女
莱密丝	子
艾哈迈德	子
福阿德	子
穆罕迈德	子
塞米尔	女
拉哈 （已成孤儿）	

海湾，是我的籍贯之一。海湾之海是诞下我母亲的美丽世界，她吃的是海里的鱼虾，戴的是海里的珍珠，她在我们的血液里注进了海的爱、滋味和永恒的深情。

她的心是珍珠。

她的两只眼是两片枣椰林！

我忘不了我的海湾籍贯。

但忘记了你，我的父亲，忘记了你是因为你忘记了我们。我的大哥不得不帮我提起书包，送我上学，走前，艾哈迈德在门边对我说："别忘了，你不是孤儿。"

但是大哥穆罕迈德却说："虽然他们没死，但你已经是一个孤儿了。"

就在这间房子里，父亲，我梦想过，但是如今梦想已经枯萎了，僵硬了，变成了手心里的一个点。

我的生命浓缩了，蜷曲了，藏在我的脚趾和手指里。

我的一切，父亲，萎缩了，再萎缩，然后消失，变成了眼睛里的一个影子。

我一直想着你亲吻我的那一刻，还有离开母亲怀抱的那一刻。

为什么，你们把我抛弃在风口，让我迷失，坠入痛苦的深渊。

难道你们不是最好的伴侣和我最慈爱的双亲吗？

你们曾是天国，但是，天国终究在天上，人类无法品尝。

天国与人对它的想象相距太远，比人对它的感知神秘太多。

但愿我，父亲，能够承受你的过错，和她的过错，但愿我是一块海绵，吸干你们苦水的残汁，用来滋润我的心，滋润我的土地，话语，还有我的时光。

我会战胜这过错吗？

我能战胜这黑暗吗？

那一天，她下决心逃出学校，去看看母亲。正好母亲也这样想。

母亲伸出粗糙的手，放在她的肩头，轻轻抚摸着。

从她身后传来这句话：

回学校去吧。

妈妈，为什么？

……

一阵尴尬。

校长说：你现在有什么解决办法吗？

她刚要说话又咽了回去！她眼中是一个模糊的世界。像山洞一般漆黑、静默、痛苦。她的生命在缩小。她的名字在融化。一张大网将她网住，然后溶解。所有的词语、意义、画面都凝聚于她的眉心，她吐了口吐沫。

悲惨而固执地喊了一声：夫人，随便您怎么处理吧，我只要看一眼妈妈。

校长惊讶极了。

她撩开面罩，跑了出去，校长没有弄清楚她到底想什么。

你父亲不会知道的。

哼，他爱知道不知道，他半辈子、不，是四分之一，不，是一辈子早都过完了，死了，死在那块岩石上。他眼睛里的光芒已经熄灭了，熄灭在岩石上。

他的一生像是一根木棍，抽打着过去和现在，然后扔在炭火上烧：

“我好像非常勇敢，不，其实我很胆小，我怕他，他该知道我在融化，我在死去，他正在杀死我。”

电话铃响了，校长拿起电话，朝她指了指，示意她离开：走吧，孩子，没有人知道你的秘密。

“拉哈走了。”

“喂，”

拉哈的父亲来找她！

拉哈。……她的父亲来找她！

她愣愣地站住了。

伊历 1401 年 5 月 19 日

路不同

天刚放亮，阳光照在肥沃的土地上，小鸟抖了抖身上的露水，眨眨眼睛，准备迎接忙碌的一天。公鸡高叫，预示着清晨的到来。

她习惯于第一个醒来，做礼拜，然后把咖啡壶放在火上，和炉火一起燃烧的还有她无尽的爱。她长长的光影随着身形移动，像一个梦境，一个影子，留在他的心里。“我以为我是唯一一个永远留在他肌肤里，行走在他血管里，融化在他血液里的人。”她备好了一块面包，一块奶酪，然后端着咖啡、面包和奶酪走近他。他早已习惯以此开始自己忙碌的一天。她也认为早起晚睡是对男性的试金石，可以磨炼他的耐力、信心和忠诚！

“那个奋斗的男人，就是我由衷热爱的那个忠诚男人。”

尽管在吉达市郊这个普普通通的平民小区里，他并不是境况最好的人。

这个沉睡在大海怀抱里的女孩，将他们两个的秘密瞒过了小区居民一双双窥探的眼睛，“所有的人都在议论我们”，她自言自语，但是很快，左转身吐了口吐沫，自言自语道：“愿主保佑我们远离嫉妒的魔鬼吧！”

男主人公赛义德把一天里绝大多数白天的时间和一些晚上的时间用来工作，持之以恒。

一看见他回来了，她马上就忘了白天里一直想问的问题。她下了决心一定要问问他一整天都在做什么？和谁在聊天？做的什么工作？工作的性质是什么？她是多么想和他真正生活在一起，哪怕是说上几句话啊。就利用他一点点空闲时间，哪怕是说上几句，那样，她会感到自己和他皮肤的每一个毛孔在一起，一整天都在一起。 但是，他一回来她就把下决心要做的事情忘了，只好推到第二天，第三天，第四天……推到永远。“他的脸让我忘记了提问，他的脸就是我所有的时间，我的晚上，我的夜间，我的清晨！”

他呢，每天回到家里总是疲惫不堪，每个月收入几乎剩不下几个子儿。她绝不向他讨要任何东西，只是每天为他干各种活。见到他，她就忘记了一切烦恼，甚至他撕碎了她的衣服，她会重新缝好，补得让他几乎看不出来，而且常常穿上袍子，光着脚，捡回已经扔在小区门外废物回收处的旧鞋子。

有一天，他问她为什么光着脚走路，她笑了笑，说："我听城里人说，脚也要呼吸新鲜的空气呦，需要和土地经常接触，我想咱们的先祖都拥有这些智慧呢。"

那一天，他摇摇头，对她说："你真聪明。我连你四分之一都不如。"

她常常躺在他身边一夜一夜睡不着，他晚上哼哼，她以为他一定是劳累过度了，她很害怕，抚摸他的头，把自己的头放在他身上，"我听着他的心跳，他的心跳仿佛连着我的大脑、心脏和神经，但愿我能读懂这心跳，读懂心脏的语言。"

他有时候会笑，所有的人都会笑，笑是很平常的事情。但是，当她听到他的笑声，就会觉得这一天都很开心。因为此时，她觉得全世界都属于她。而其他的日子则平平淡淡，引不起兴趣，再简单、自然、普通不过了。

他是她的希望，在他之前，她从来没有这样感知过。他是她的信心，她就好像一片羽毛飞呀飞呀，最后落入了一个深谷停了下来。

在和他相处的日子里，她卖掉了自己所有值钱的东西，结婚的时候父亲送给她的两块金子，母亲送给她的一对银脚链，还有一些零零散散的饰物。“尘土，除了他，一切都是尘土！”

她对他充满了信心，这信心仿佛把他送到了云边，送到了山顶，让他把一切屈辱、软弱、沮丧都踩到脚下。他不断提高自己的学问，他要变成一个有知识的人！他的职位变了，成了令人瞩目的高级职员。经过几年的奋斗，他毕业了。那几年里，她为他默默地煮咖啡，洗椰枣，用爱情哺育他。她的两只眼睛仿佛是乳头，为他——一个艰苦努力的人倾注了全部爱的乳汁。

赛义德成了这个小区里第一个获得文凭的人。

一天，她坐在那里一边做事，一边看他看书，“我看见字符在他眼睛里闪烁，我透过他的睫毛看向页面，深深地沉浸在知识之中，和他的思想一起跃动。啊，赛义德，你真棒，你把咱家的小小电灯变成了电流，把那一个、两个里亚尔变成了几十个，几百个，变得好多好多。”

早上，她如往常一样和他说再见。“他中午回来，回家的时间变了，在一起的时间仿佛更短，他晚上也不回来了。时间无所谓，我们的生命是一朵盛开在碧绿枝杈上的玫瑰！”

他中午回来，她等着他，每时每刻，所有的时间，那短暂的时间都凝聚于他的脚步声：

“阿依达，阿依达。”

“你好啊，赛义德，我看到你直乐，一定有什么好事吗？”

“也许你不会和我一样觉得是好事。”

“那就是说，小区里那些流言蜚语是真的了。他要去大城市了，他会有房子、汽车和司机了，为什么？”

“因为你不懂！”

“懂什么？”

“我要搬到城里去了。”

“搬城里去？”

“我自己。”

“但，我们呢，我们两个，为什么我不能和你在一起？”

“因为你不会习惯城里的生活。”

离他离开她只有几天了：

她哭成了个泪人："有一股激流冲击着我们，我想逆流而上，但是发现那河水竟然分成很多股横冲向我，围困着我们，像瀑布那样冲刷着我们，我试图抗争。"

当他离开的时候，她把手伸向他，他对她说："你应该回到自己家里去。"

她在家人面前痛哭，滚烫的泪水皴了她的手，也伤透了她的心，还有头脑和脸蛋。

当她等待他的消息的时候，父亲伸手给她，她笑了一下，又哭了。

"爸爸，我不懂命运。"

"但愿你懂，你要教会自己，去学，你不是抗争过吗？"

"有他的消息吗，他想见我吗，他给我买房子了吗？他在等我吗？"

父亲转身从来的门离开了，她从他的背影里读出了结果，明白了，河水已经干涸了。

干涸，她从来不知道，她每天昼夜挖的河，存的水会干涸见底。

父亲没有放任她重新坠入干涸的河一般的深渊里，总是围在她的身边，或细言软语，或厉声训斥。

耻辱，一个女孩子做梦都在想生命里遇到过的男人，而且姻缘结束了。笑话，梦想一个自己没能拥有的男人。

阿依达身上的每一条血管里的血液都在痛苦地撞击她。

那一边，赛义德过上了城市的生活，陷入了人与人之间的战争，黄的、绿的、黑的、白的，各色各样的、恐怖的争斗。

一些日子过去了。

父亲急急忙忙地走来对她说："阿依达，明天你要嫁给阿瓦德！"

灯火辉煌。

人们笑着闹着，敲起了大鼓。

孩子们欢快地尖叫，有人把桌子抬到户外，有人打扫灰尘，有人往地上洒水。

她的泪水落在地上，和撒在土地上的水混在了一起。欢庆的一夜过去了。

阿瓦德拉着她的手朝前走，但是难以拉住她的心。她仿佛踩着心脏最后的跳动离开了父亲的家。

风刮来，车轮扬起的尘土挡住了父亲，她向后张望，目光锁定在车窗玻璃上。

她好像看见他了。

挺拔的身体站立在父亲身旁，她真想知道他们两个在谈论什么，一阵风吹进车窗带来了他的声音。她扭过脖颈向后看，汽车飞快地席卷地面，也割断了那声音，一切想象都中断了。

变成了泡影。

她不知道他为什么回来。

利雅得

伊历 1397 年

煮茶的女人

她颤抖着把手搓来搓去，脸上一副惊慌的样子，试图藏起自己的羞涩。

平常她很熟悉那些用来应对各种场合的得体的话，这一刻全乱了，之前很容易表达的东西，这时候说不出来了。

看了看坐在办公桌后面的人，那人正看着自己，等着她开口：

“他想，想要，和您谈谈，站门外和您说个事，夫人。”

“夫人啊，你啊，你要知道我想说什么就好了，可这一刻我胆小了，全身心只想说一句话，那就是害怕，担心。”这时候，那个坐在桌子后面的女人看了看她，站起来走近说：

"他是谁？"

"我丈夫。"

"让他来吧，我隔着门和他说话。"

她起身走到门边，从门缝向那个男人看去，如炬的目光从他的身材一直看到他的内心。他来了，两条腿快速移动着，越走越近。他手里那几张纸随风翻卷着，帽子也掀了起来。

"噢，这风刮得让我看不清他的脸，除了他妻子为他紧张得哆哆嗦嗦的手、扭曲的脸和刚才的请求，他还想跟我说什么。"

她说的是那个女工，从她来到这里办公，那个女人一直伺候她。她们两个之间有年龄、经历等很多不一样的东西，但是夹在臂膀里的两颗心是一模一样的。

她记得刚来这里工作那天：

那是一个夏天的中午，围在我身边的人越来越多，希望有双慷慨的手，解决他们的问题，驱散他们脸上茫然的乌云，慷慨地帮他们解决问题。但实际上：

这些椅子都坏了，就像这座陈旧的快散架的建筑。

人潮涌动，围着她，文件、地面、尘土、干枯的枣椰树枝，……周围的一切都是令人难过的土黄色。

一时间，天空变成了一块雨云落在她手心里，大地变成了一张白纸，托着她的情感和理智，她冷静地记录下每一个人的问题、诉求和解决办法。

那一天，她记得这个女工的脸，觉得她们两个之间的目光、经历和年龄仿佛接近了。那个夏天的中午，她第一次走近她。

“女士，喝杯茶吧。”

她喝了一口，说：

“天啊，这女人的茶烹的好香啊。”

“女士，您很爱喝茶。”

“而且着迷。”

“除了我，没人会把茶煮得这样好。”

“那就继续吧。”

她回过神来盯着男人的双脚，从门缝里，想：“他哆嗦什么，好像他和她一样怕我，从头到脚都是害怕的样子。”

那个夏日里，她拿走了空茶杯，然后在她的耳边轻声说：

“除了我没有人能给您做这样好喝的茶。”

接着，她把两只手伸进前胸，掏出一大串钥匙，放在桌面上，说：

“女士，这地方的钥匙都在这儿，这个没人管，如果您愿意就收着，不愿意就留在我这里！”

那天，他们告诉她，这个煮茶的女人很自负，不知道是什么让她充满了自信，就像脚踩着钢板，而不是土地或者水。

他们悄悄告诉她：她的男人每天都伴着清晨的鸟儿，神奇的风，伴着刚刚归来的，或是昼夜兼行的驼队在干活。

她把心里的秘密写成了一封封信件！

“城外面有人等着收她的信呢。”

那一刻，她感受到那女工为什么自信。

她把手伸向桌面那串钥匙，拿起来，抬手指着煮茶的女人：“把钥匙收起来吧，去，让我闻闻你的茶香。”

他走到门前，伸出一只手，正像那个煮茶的女人，他把手里的纸搓来搓去，害怕得发抖，手指夹着的纸差一点掉到地上。

煮茶的女人在纸落下那一瞬间接住，把纸递给了桌子后面的女人。

那个女人笑了，她叫她拿一支笔来。

煮茶的女人走进屋里，快速拿来一支笔，交给她。男人颤抖着说：“在纸下边签上字就行。”她签了字，伸手把纸还给了那人，问他还有什么要帮的。

给你，别走了，起早贪黑地侍候驼队。

那个每天早晚都在城墙角等着来信的人走了，带走了她对他的记忆和给他的那些纸。他走了。几天后，办公室来了一个普通工作人员，没有签字权，也没有职务。

煮茶的女人笑了：快走。他高高兴兴地走了。

他们两个人由焦虑变得踏实，他们知道：土地是土的，不是钢板；地上有水，有时候需要游过去，还免不了呛口水。

她也笑了。

如果她能，会把秘密塞回那两人心里。

光被溺杀在河床里

发生的地点：步行450千米处；道路：布满了荆棘；
时间：伊历1401年5月19日星期三至1401年5月26日，
星期三；
事件：谋杀

每一步与每一步之间都有那长长的根须牵绊，根须连着我和他俩的心、我和他俩的情，但是，当这根没了、碎了，那下一步便是无底的深渊。

我遐想着春天的假日要来临，假日里充满了欢乐，有露珠、雨水、微风，有潺潺的流水、咕咕的鸽哨，还有亲情和温暖……多么有趣，多么美好啊。

星期三，啊，多美的星期三，我高兴极了，就像一只小鸟，忙碌了七天，终于落了下来。星期三来了，仿佛有一个突然而至的约会令我兴奋，它舔着我，我就像一个渴望温情的人，它填饱我，我就像一个渴望吃爸爸妈妈饭菜的饿汉。我要把我的书拿给他们，还有我玫瑰色封皮的本子和笔，这就是星期三的意义。

我要和他们聊一聊我的女同学们，她们怎样憧憬翱翔在天边；谈一谈我的女老师们，她们有好多好多在各地旅行时录制的故事，还要把那些故事讲给他们听！ 我要给他们描述学校的花园，遍地绿色，宽阔极了。说说我们那个被四面高墙围起来的小巧精致，又十分幽深的世界。围墙把我们和外部世界隔绝开来，因此，我们——我和我的同学们无从知道，除了这个拥挤的小世界之外还有没有其他学校。这个小世界之外的城市叫什么名字。但我们知道，城市里沉睡着富人、穷人、大人、小孩，城里有小学、大学，医院和很多建筑。大街的两侧林立的店铺五光十色，到处一片喧嚣，每天都有日报出版发行，还有周报和月刊。我们也会读到这些书报，但并没有从中嗅到大城市的气息，只是从一些报刊中看到有限的东西。电视台播放着例行的节目，很无聊，引不起我们的兴趣。和看电视相比较，我们更喜欢坐下来喝一杯热茶，聊聊老师们，聊聊学校墙上的广告画。我们一般不听广播，除非想要了解广场上死了几个人，街头有几个饿殍，今天清晨又有几个人遭到杀害，这些让我们偶尔关注一下广播。这就是我们了解的有关城市的消息。事实上，我们也会从学校的墙里面，闻到城市的气息，感受到城市的温度。大街的光线有时候会晃着我们的眼睛，照到我们的身上，比如当我们过马路从校门到机场的时候；而当我们要去医院看病的时候，就会接触到城市更多的地方，会接触到完全与报纸上看的和收音机里听的不一样的东西。

这个星期三，我不想去机场，当然就看不到我的父母了，因为下周我们要期末考试，我要留在宿舍里复习功课。

下一个周末我再去见父母。

她的心在跳，——妈妈，你明媚的脸庞，我好想念你，依恋你，每次看到你，我的眼睛恨不能停留在这生命的瞬间。母亲，你的脸是一个模糊的世界，不知道什么时候我才能跨进你的门槛。我的心突然揪了一下，感到沮丧，不知为什么。

父亲，我猛然间想到了他，我盼望你在母亲面前更强大，你是男人，人们不是说，男人是强者吗。

我没有看到父亲的坚强，我的心揪着，不知为什么。

我赶走了时不时冒出来的沮丧心情。

下个假期，我会见到他们两个，带着自己的考试成绩，他们会忘记我已经一个礼拜没有见到他们了。

每一天就像一条分界线，每个小时是一次次警告，每一分钟都是提醒。钟声在我的内心播下了恐惧、警醒和惴惴不安的种子。难道一个像我这样一个还不到20岁的女孩子，能够在几个月内感受这样多的情绪：难过与高兴、哭泣与嬉笑、焦虑与安宁？

太残酷了，我要经受所有这些精神的折磨。

我正处于考试期，必须理清情感的由来，是什么，什么原因，怎么造成的。有一个神秘的东西一直在悄悄对我说。

当我去看他们的时候。

他们会送给我一大束鲜花，亲切地抚摸我，或者给我一个亲吻，那就是我最大的财富。

这是成功的礼物!

我盼着你们给我这样的奖励。

拉哈，

主任的声音传来："你必须回到父母那里去！"

我的目光盯着她，身体却在原地一动没动，觉得好像两只脚已经无法承受我自己的重量了，心抖得像小鸟那样跳来跳去。我舔舔嘴唇，心说：我该对主任说什么呢？——出事儿了吗？!

"我父亲病了？"

"别难过，拉哈，他很好。"

这是我听到的主任最后的话。或者，好像是她说的最后的话吧。汽车飞快地席卷着道路，我完全没有看清楚城里的样貌。

我没有看到街上的灯光，露珠的闪亮。我把成绩单扔到一边，连收拾一下都没顾上。也许有人会读到我的秘密，我没有拿本子，也忘了拿笔，披了一件黑袍子，便匆匆离开了宿舍，什么也顾不上了。

我想象父亲躺在床上，主啊，他怎么了？别让我难受，别打击我，主啊，这一段时间我提心吊胆已经够了。主啊，他还能和我说话吗？我还能见到他吗？我怎么和他说话？ 他怎么样了，他还认识我吗？ 主啊，是交通事故吗？他们瞎了吗？难道如此漫不经心用汽车碾压生命吗？他们到底是夺走了爸爸的心还是他的身体？

我非常害怕，一个可怕的念头出现在脑海。

父亲怎么会周三病倒？还是已经病了一段时间了，他们没有告诉我？——啊，父亲，我最信赖的美好世界。

飞机迅速地起飞降落，轰鸣声将我从可怕的、糊里糊涂的、懵懵懂懂的状态中唤醒。飞机落了地，我彻底醒过来。这就是我的城市。

很快我就会知道怎么回事了。

时间过得很慢。

我的步子那么沉重。

从飞机场到我家的时间和距离就好比爬一座大山。

我会在机场见到谁？

到了机场，我彻底从担心、害怕和各种情绪中醒来。

突然，我霍地一惊，一头汗水，脚步更慢了，额头上的汗水顺着眼睛流下来，四肢好像冻结，我的眼睛盯住了他。

在机场，我的信念崩塌了。

不明的、突然的感觉令我心情沉重，让我说不出话。

那种感觉从嘴里蔓延到前胸，我难以发出声音。就是他，这就是他——父亲！

那一时刻我能发出的仅有这个词！

父亲没有生病，他健健康康地站在我面前，朝我笑了笑。到底是什么让我编织了如此荒谬的谎言啊。

我心里不安地嘀咕。

仿佛在我和他的步伐之间将有一场葬礼。

家里，在父亲和母亲面前，我抬头向天乞求，饶恕我的误解吧，我误解了母亲，那个一直在害怕和担心我在飞机上是否安全的母亲。

她也曾经和我一起，祈祷父亲早日康复。

而此刻，我觉得唯一该被祈祷痊愈的人是我。

第一天过去了，我仍然被这谎言所困扰，只能沉默。母亲的脸上没有什么让我特别关注的。父亲的脸上也没有什么让我心疼的。这就是那个一周以来我数着小时、分钟，拼命要回来的家，现在已经没有什么吸引我，让我留恋。家静得令人害怕，令人小心翼翼，死亡，害怕，小心翼翼，察言观色，每个人都防着别人，每个人都包裹起自己，“人与人之间沟通有很多种方法”，这是他们以前教导我说的。这一天，我一直处在茫然和恐惧之中。

那个一直困扰我的奇怪的预感在事情到来之前就给了我提示。

晚上，母亲来到我身边，她的眼神令我不安，父亲坐在离她不远的地方，弟弟进屋关上了房门，又关上了收音机，全家陷入一片寂静之中。

“没有什么让我宽慰的事情要告诉我吗？”

我的声音像一柄利剑劈开了沉默的局面。

“没什么，孩子，也许这是一件高兴的事儿。”母亲说。

我的心越跳越快，一声比一声急促，我感到恶心，头昏。内心有个声音在嘀咕。

母亲接着说：

“我们希望你同意结婚，和从前向你求婚被你拒绝了的那个男人。我们现在觉得没理由再拒绝他，希望你同意和他结婚。”

“那个大腹便便的、有钱男人吗？”

没有铺垫，没有预告，母亲朝着我的脸一巴掌打来，很用力，很突然。

母亲。父亲的脸气得铁青。

“你太倔了，你别让我们没有脸面。”

“这是什么脸面？”

“咱们要是谈不拢，那就强迫你必须同意。”

“我不同意。”

“那我们之间就没什么亲情可言了。”

“你忘了吗？母亲，我出生之前在你的肚子里躺了九个月，难道你逼我死吗？”

“死，如果你坚持拒绝这门亲事，死可能更容易些。”

这是我听到妈妈所说的最后一句话。父亲就像平常一样在妈妈面前总是唯唯诺诺。他不说话，只是点头或是摇头。弟弟见不得父亲难过，避开了。很快，母亲拿来一根棍子。

在我的房间里，她抡起棍子把我打得皮开肉绽。她抓着我的头发，就在前一天晚上，她还在为我编辫子。在我成长的岁月里，是她的那双手精心地梳理我的头发，一根一根地。她爱惜我的头发，我一回来她就尽可能打理它，恨不能用乳汁去滋润。我常常把头发垂下来，在同学面前炫耀，那发辫散发着母亲手上的气味。我觉得她那样喜欢这头发是为了让我在同学面前显得格外美丽，从来没有想过那是为了使我变成一只头羊，到屠宰场能卖个好价钱。

我的生命在她手下凋零，我的鼻子流血了。

她的手被血弄脏了，有血迹溅到了她衣服上，可她毫不在意。我怕血，惊恐地大叫。此时，我想起了我和同学姐妹们伏在收音机旁，边哭边为战争中的牺牲者叹息。他们在沥青马路上，在霓虹灯柱下，流了那么多血，我们的心为这个时代的兽行而痛心。而我母亲的心，竟然也像冷酷的刽子手。

他们踩在人的血管上，掐住人的脉搏，踏着人的血肉往前走。

母亲正像一个愚蠢的刽子手，惦记的是鼓囊囊的钱包，而对生灵毫不吝惜。

她把我推在地上。用钥匙锁上了房门。走了。

我的母亲变成了一个怪物，不，这不是母亲，也许这只是一个假象，人们不是常说有人“被洗脑”吗？

我哭，我难过，然后泪水哭干了。我拿起衣服，擦干了血迹，把发辫剪下来，一绺一绺接起来做了根绳子，想要缠在脖子上。心想：“母亲，你给了我生命，也给了我死亡。”

三天过去了，我一直没吃没睡。

他们已经不是我的亲人。

我想象着自己乘飞机离开了这座城市，来到一群陌生的人中间。也许，也许我在可怕的梦魇里，也许主任在几秒钟之后会叫醒我。

但是她没有来，事情还在发展。

挫败，疾病，死亡，自杀，痛苦，在我病态的身体和他们两个的身体之间产生了距离。连接我与他们的心那些桥已经被暴风雨摧垮了。我想起了之前那些困惑的感觉："可怕，阴森，警觉，还有母亲的脸。"

我的心在萎缩。一阵悲哀袭来，我找到了一条纽带，那条拴在母亲和我长期沮丧心态之间的纽带。

在母亲和我的未来之间有一条可怕的痛苦的线。

我躺在门后面。

没有人来看我，也没有人找我谈谈。

我想到我的学校，那个在威严的高墙里的躁动世界，花园宽阔而郁郁葱葱，同学们每人都有自己独特的故事。在那儿，我见到很多人，看到报纸，听到老师们说话，和同学们聊天，那时候，没有见到母亲，也没有见到父亲，我想念着她们。

我自己的秘密藏在本子里。

我编辫子，或者干脆散着发，随我自己。

我秘密地品味着自己的梦想，只有我和我的笔，还有上天知道。

我知道那些时日总是会过去，我会回家，回父母的家，或者说，是回自己的家。那个曾经梦想的家、我怀揣着梦想一天天长大的家。但是现在，我觉得那只是肥皂泡。

母亲的耳光打破了肥皂泡。

我的家变成了监狱，家人变成了狱卒。

“太难以想象了，让父亲杀死你，让母亲做刽子手！”

让他们两个人亲手制造这恐怖太可怕了！

我遍体鳞伤，但是持续的疼痛提醒我，我的心仍然活着，心是感觉的源头。

哦，主啊，你太伟大了，心脏和感觉是人最重要的特征。

我一直能听到门外的脚步声。

他们拿走了我房间的钥匙，以往那钥匙始终在我的书包里。

电话铃声从门外传了进来。

我听到父亲的叫喊声，好像在和我的同学说话。

——拉哈生病了，她不上学了，她要去很远的地方。

骗吧，让他们骗。但愿他们连我的视觉和听觉也夺去。

为什么不告诉我的姐妹们真实的情况呢？但愿他们生下我我就是聋子、傻瓜，一无所知！

我被打了，被关了，受到了威胁，皮肤溃烂，鲜血直流。我的辫子在地上，鼻子流的血染红了那个刽子手的手。

这就是事实，为什么不如实说出来！

钥匙开门的声音。

这是她。

就是那个刽子手。

看你们还要干什么。

我已经无法再承受了，我已经不会哭了，也许，我也不会笑了。

她的脸靠近了。我盯着她。她靠近。我使劲盯着她。她越靠越近。我的瞳孔都要爆出来了。她还在逼近。

我不知道自己将要沉没在哪一个漩涡里。

备受煎熬的生命的最后时刻

日期：伊历 1401 年 6 月 13 日星期五

时间：傍晚

地点：麦加 舒艾布海

事件：走向……安宁

当把手放在发动机按钮上，他相信飞机这个庞大的钢铁怪物会颤动、启动，然后飞向天空，冲入空间，深入云层，飞翔于无边无际的高空。那个莫名的欲望在哀叹，为什么总有什么让他充满信心地认为那件事可以让他永远安心，因为他确认自己内心深处与那难以感知的或者是能感知的东西有着密不可分的缘分！

“天空如大海般深邃，两者皆是未知的世界，只有充满自信的人才敢于徜徉其中。”

他自言自语。

这是一次充满折磨、希望、坦然和值得期待的长途旅行——我们每个人都期待着什么。假如没有期待，人就无法忍耐生命的每一分钟。难道有人毫无期待地活着吗。这就是故事要说的事情，每一个活在大地上的人的故事。

一切都让他安然地去面对，水的抚摸，或是向天空的眺望，将洗去一切疲劳，除了那一刻，再也没有什么东西值得他费心思考。

生命好似一个皮球。

没有一个人知道球可以吹多大。

时间，这个带着他向前奔走，或者说他跑在其间的东西，其实只有他脚下的那一刻。那就是他从天空降落地面之时，或者是当他和伙伴们争夺足球之时。

“足球在我脚下，在同伴们的脚下，有人说这是一个世界性的游戏，这是什么世界，这个世界比无边无际更深吗？”

他生活的这个城市，天有边，地有土，是另一个深度，用来平衡能感知的距离与不能感知的距离——“天空和大海”！人无论投身于天空还是投身于大海，都需要敢死队的勇气，这样才能追逐所期待的东西之外的维度。因此，他执着于一次旅行，好更加确认内心里的那个欲望。

“生命什么时候结束就像什么时候开始一样，是我无法知道的。那么，还有什么值得怕吗？或者有什么让我们不能平静地去追逐呢？结束生命这件事，我知道，那是一定会来的。”

日期：周五，本月13日

我的城市，梦想中的避暑胜地，没有大海，也没有海岸。大海，这个我非常想投身其中的第二个深度。我内心在盘算。

他走向自己的汽车，随他去的是每次旅途都陪伴他的朋友们。

一个小时，或者不到一个小时，他们将抵达舒艾布[1]——那片让他安心的空间和港湾。

汽车在前行。

有一个人突然停下了车子。

汽车朝着哈达山[2]的方向疾驶，穿过弯弯曲曲的小路。车上，他们有的说，有的笑，有的读报纸，驾车的人一边摆弄着一盘录音带，一边哼着小曲。汽车接近了通往舒艾布山的路，颠簸在大大小小的砂石上，经过一番折腾，终于到了。 当大海呈现在他们面前，所有的人都松了一口气，叹道："这水面太美了。"

"能在这里度过一段时光真是美极了！"其中一人说道。

汽车停了，所有人都来到岸边，有的人从自己的包里拿出必备的东西：小毯子、茶具、塔伊夫山谷果园里的水果，饮水的瓶瓶罐罐，其他人在换衣服。

---

1. 舒艾布：麦加市边缘的一片小海湾。
2. 哈达山：麦加和塔伊夫两市之间的小山。

海岸、海浪、晚风和这里的宁静吸引着他们走进大海，不仅是身体，还有灵魂。

有些人已经把脚放到水里了。

他呢，脱掉了衣服，也朝着大海走去。他刻意远离大家。

他要将接近四十岁的年华，将对他们和所有关心过他的人的一腔爱，将一切的一切埋进水里，身体和心灵。“他们所有人都爱我，我也爱他们，这就够了。”他把脚陷入泥沙。

此时，几个浪打来将他唤醒。

“海浪啊，你那么慈爱、温柔、凉爽，你是无形的，我多么想和你融合在一起，变成你的一部分，被你的气质所溶解。但是你也是依恋又无法理解的东西，我们只能看着你，困惑着，想知道你是否了解我们，怎样了解我们。我们不知道如何融入这水、这天、这鸟儿、这激情、这光明、这黑暗，还有活着和死去的意义？”

两只脚带着他朝海的深处走去。

他往前走，边走边自言自语：水、万物、心。水已经触到了他的嘴唇。

那一刻，他意识到自己已经深入太多了。他回头望了望同伴们，看到他们零零散散地漂浮在水面，笑了。

他的脚又向前移了几步。

心底有了点害怕的感觉。

他感到来自水面的压力。“水的创造者你太强大了，原来这不像我想象的那样简单、随意。水，水，他投入水的温和，两只脚不由地动了起来，感到了水的沉重，水——这第二个深度，正如天空，让人安宁，安宁，水。”

他的脚很沉。

他动了动两只手，想摆脱这沉重。水，水，这慈爱的、柔软的、温暖但又无形的东西，他感受到了它的创造力。他的脚和手在僵硬之前摆得更快了。他感到水的沉重，尽可能地活动活动身体，接着感到一阵奇怪的窒息。

几分钟之前，他盼望着与水融为一体，变成水的分子，融化，完全融化。

远处传来了叫喊声，断断续续的叫喊轻拂过他的耳际。

他看不到一个人，听不到一个声音，只感到周围的压力越来越大，觉得自己在融化，在天空，一个钢铁家伙包裹着他，阻碍着他融入无边无际的天空。而这里，他融入了无边无际的海洋。

他下沉，疲惫，开始喝水，一点一点地向无边无际的纵深处沉沦。他不再清醒，不再听得到，不再感觉得到，不再能区分哪儿是自己，哪儿是水。

水在他们面前如往常一样流动，水面如旧，而他却没有了踪影。

水在流动，浮上来一些泡沫，那儿有个东西，刚才是人头，现在已经淹没进水里了。

一片叫声响起：艾哈迈德……艾哈迈德。远处传来了回音。水面如常，仍然以美丽和温柔朝着天空和人们微笑。

有人高声哭了。

大海啊，你这个骗子，骗子。

可恶的水，人们对水倾泻着愤怒！

当圆圆的太阳将要消失在海面的时候，他们将一具僵硬的尸体抬了出来，他的灵魂已经融入了无边无际的大海——结束了他在第二深度备受折磨的生命最后的几分钟。这是他们听到的他最后的声音。

闻听这声音，人们泪如雨下，他仅用片刻的时间就埋葬了生命，备受折磨的生命。

“大海啊，你这个骗子，骗子。”

朋友们沉默着。

他们很难过，那个夜和他们一起难过。

黑夜披上了黑纱。

海水混着泪水、夜和黑暗。

他没了，只剩下水面上一片又一片的涟漪。

足球：是一项世界性的运动。

比无比深更深。

一群孩子在踢足球。球在他们的脚下传来传去，而他却被人们放入一个木棺里，被扛着走向墓地。孩子们靠边为他让路。

此时，群星在天空闪烁，曾几何时，他是群星中最亮的那一颗。

很多很多泪水滴落在了球场上。

便道上

日期：伊历 1401 年 6 月 4 日

时间是晚上。

他拍拍两肩，捏捏衣服口袋，然后把双手伸向地面，到处去摸索着。“这儿，也许是这儿。”或者，“也许是那儿”，还时不时把手伸进口袋，或者伸手揉揉头发。

他往地上吐了一口痰，站起来，用脚碾了碾。

一个女孩子藏在邻街拐角，厌恶地看着他。他也用愤愤的眼光看了那女孩儿一眼，然后苦笑了一下。女孩儿走近，不知为什么提问道：

“你丢东西了吗？”

“呵，呵，也许在这儿。”

他在墙角堆放着的一堆破烂衣服中继续找，有一件破烂衣服刚才被他铺在身下的。

有个声音从旁边的住户那边传来。

小女孩吓得打了一个哆嗦，跑了，钻进了一个家门。也许是她妈妈在叫她。

他抬头，用目光扫向女孩儿。

呵，走了，她每天都如此吗，但愿她明白点什么，没事儿，她知不知道无关紧要。

他把痰吐在墙上，继续翻找。

时间是傍晚。巷子里已经黑了下来，小商店的店主们纷纷关了店门。他们的声音很高，压倒了其他的声音。一个店门里的收音机播放着一首哀伤的乐曲，老板正在清点当天的收益，一边哼唱着：“孩子们，亲爱的，今天都不在……”。

他的眼里流出了一滴泪水。

他往地上吐了口吐沫，吐沫星子溅到了他的铺盖上。一个人路过走来，一个大弯腰转身放下一只大麻袋，里面装满了废纸，好像还有别的什么东西。他放下袋子就回去了。

他盯着那人走远，摇了摇头，然后微笑，皱眉，摇头，吐口水。

一个行人叫喊：

“喂，大叔，你真让人恶心，你已经吐了一地口水了，你不烦吗？”

他朝他抬起头，瞪着他，一言不发。然后摇摇头，又吐了一口口水，继续找。

天全黑了。

那个女孩儿回来了，她急匆匆的，好像有人在后面追赶。她朝他扔了个东西，然后快速地转身回去了。那东西撞到墙上掉下来。他看了一眼那东西，急忙朝她扬了下头，但是，只见小辫子和衣服角儿闪了一下，人就不见了。他抿抿嘴，自嘲地笑了，心里觉得很奇怪。

他用天生来就苦涩的表情摇着头，吐了口口水，两只眼睛紧盯着那女孩子扔的那个东西。是火柴盒!

他吃惊地笑了，内心有点感动，竟然笑出了声儿：

“这孩子真聪明!”

街上静下来，已经没有什么行人了，只有几只野狗疯狂地互相追逐，还有几只猫匆匆而过。他好像在观看鬼影。

哎，无家可归可真惨!

黑暗，孤独，周遭的一切都安静下来，天上的星光穿过高大的建筑照在他身上。

街上没有人，只有高大建筑的窗户散发出点点灯光。

他听到旁边一家发出咯咯的笑声，声音很大，像是从井底传来的回声似的。

夜越来越深了，他听到一种特别的响声。

夜越来越深了，他感到了某种特别的存在。

他坐下来整理自己的东西。一个穷人，一无所有，只有孤独和凄苦，每天铺着盖着破旧的衣服。他已经很久没有用水和肥皂洗澡，没有堂堂正正地走在阳光下了。他睡在无人管辖的穷人区一条人很少的便道上，便道两侧有一些小店铺卖着各种小商品。

人们给他些施舍。

想想今天得到的施舍，究竟有多少呢，几个硬币而已！

他想起了那个袋子，就是刚才打这路过的那个人弯腰放下的袋子。也许他并不住在这个地方。“哦，这绿色的、炎热的城市！”

他打开袋子。把手伸进去，从里边掏出什么东西，放在鼻子和嘴边，闻了闻。

他一下子抓紧，好像要直接用手吃，而不是用嘴吃似的！

夜在加深。

他枕在一团衣服上，睡着了。

突然，一颗流星掠过，他的眼睛被闪光刺了一下惊醒了，不由地笑了：“天上的星星啊，夜啊，你们可知道，我有没有必要醒过来？”

说完，他便陷入了沉睡之中。

一个空盒子被匆匆经过的脚步拖着经过他身边，撞在便道上。

他睁开眼，黑暗中一个模模糊糊看不清的大家伙，被丢在旁边的街面上。

他叹了口气，赶紧伸手抓了一件堆在墙边的衣服披上，掏出火柴盒，抽出一根火柴快速点燃，不小心手指还被火燎了一下。他朝周边望了望，看到路远处有人的衣角闪过。忽然，他知道是谁了。

他摇了摇头，朝地上吐口口水，把火柴放进衣服里。

远处那条街灯火阑珊，难以分辨灰糊糊的东西，火柴也照不到那么远的地方。哎，还是回去睡觉吧。

夜又深了。

他内心与黑暗交流着，许多记忆涌现出来，不由地叹了口气。还没有重新进入睡眠，他就听见附近有声音，很低的声音。他把目光锁定来者，有一束光从街头向墙面闪了一下，照亮了两个男人的脸，他认识他们。

突然，其中一人看见了他，伸手将一卷东西塞给了另一个人，另一个人好像在拒绝，然后不得不把东西塞进了自己的口袋。

第一个人回到公路上走远，另一个人转身回家，但是停了一下，掏出了塞在口袋里的东西看看，脸上好像在放光，那东西好像是一卷钱。那人笑了，闻了闻手上的钱，把钱放到了兜里，很快便走自己的路了。

男人摇摇头，又叹了口气，想要闭上眼睛，但是不行，他站起来往地上吐口口水。叹道："啊，我这个绿色的、炎热的城市啊！"

哦，这个迷失者的便道啊！

星星照着他，他觉得自己感受到了天意。他忘了一切，重新睡去。

怎么每当要睡熟，就会被惊慌的跑步声惊醒，他睁开眼，划着了一根火柴，那声音近了。

他看着他们，他们在跑，后面有几条狗在追。

有只狗狂叫，还有只猫也惊恐地"喵喵喵"嚎叫。

那个男人提着长袍，袍子上都是土，他是从旁边一条岔路上跑来。他好像还看见一个女人的身影跟在那男人后面，于是心想："就是她，人们都说她是小偷，这个区的人都不喜欢她，还经常议论她。"

那男人拉住了女人的手，"图特"，她的面纱落在了地上。

啊，我知道了，知道她在偷什么。

噗。他往地上，往墙上，往便道上吐着吐沫！

一个流浪汉。岁月把他抛进了黑暗，扔到了这便道上，但为他袒露出真实。

黎明到来了。路上开始有了动静。他醒来，揉揉眼睛。

宣礼的声音响起，人们走出家门，居民区喧闹起来。正在烘烤着的面包发出清香的气味。

他起来，站在那，"哦，主啊，我去哪？唔，这炎热的城市。烦，我这里全是烦心事。自己的烦，夜里的烦。啊，无穷无尽的流浪啊。"

他想起了那张脸，那个送给她火柴的小姑娘的脸。

他回身坐下，抬眼看着昨天她来的方向。她来过了，还摸过他身上的破烂衣服。

他摇摇头，满心苦涩，然后吐口口水，觉得这便道好像也挺烦人。他又吐了口口水。小小的火柴啊，怎能照亮这漆黑的夜。

他吐口水，吐口水，再吐口水。

夜之心在摆动

夜以沉重、单调的脚步开始了它宿命般的钟表之旅。万物困乏，渴望着沉睡。黑暗在人的心里蔓延。

那浅黄色的月羞于目睹人类的肮脏，将脸藏在雾气或者乌云之间！

重要的是，一切都静悄悄的，暗示着夜晚的来临。

只有钟摆摇动着，在深夜里！

什么时候入夜。

我们什么时候走进夜的深处，一个人什么时候能有耐心坐下来，听听钟摆的声音?

没关系，没关系，也许一切都会在一刻又一刻之后变得闹闹嚷嚷。

她日日夜夜地寻找生活的意义，追寻着每一个眼神、每一个动作。她不知道什么时候吃，怎么吃，什么时候睡，睡哪里，穿什么，穿出去什么样。她彷徨无助，没有爱，并没有经受孕产之痛，却好像一个失去了爱子的女人……

“詹姆斯·乔伊斯”和“尤利西斯”以及书中的人物形象在她眼前显现，就像是一个个幻觉驱之不去!

她是怎么回事……“眼睛闭着，我正处于深度睡眠中，身体里的一切都在沉睡，除了这颗心，这呼吸，这头脑”：

> 莎拉，难道你的朋友不能够同你直接说话? 他不知道你是谁? 或者他看你仅仅是一个女人，没有必要告诉你一切?
>
> 你呀，怎么了? 为什么? 我们都在地底下。
>
> 你的意思是你们是死人?
>
> 还有你，不是吗?

你们在地底下，但是，也许，我觉得自己在地面上。

我们是死人，你只是睡着了。

也许你们生活在真实里，而我生活在梦境里。

嗯，睡眠和死亡有什么区别？

很不同。

想象的丝线。

想象？

那是夜！

她还在梦呓，邻居的窗户都关了，从街上或邻居窗户传来的最后声音都静了下来，周围的一切安静极了。她感觉到自己的衣服，看了看。她穿的是睡衣，什么时候换的？她不知道，怎么会不知道，真不知道。呃，知道或者不知道不重要。

她闭上眼睛，以为自己睡着了！

太阳出来又落下，几乎是同时。

喧嚣。高声呐喊。说不完的话。那个从前天晚上就在跑步的疯子，从一条小巷到另一条小巷，手里握着根棍子，跑得挺急，挨家挨户敲着人家的门，没有泪水，也不看任何人，大白天闭着眼睛。

疯子？

她从窗户小声地叫他。

你难道是在黑夜里吗？

没人认识我。

你不认识自己吗？

当然知道，我想要，我梦想，我饿，我冷，我想笑。

他这么能干，他们却说他是疯子，他能决定自己的做什么，想要摆脱饥饿、寒冷和痛苦！而你要什么？梦想什么？你为什么不取暖，为什么不微笑？

夜，掩盖一切的夜，我看不见吃的，看不见任何东西，也不知道哪里有声音、话语、颜色，只能听到回声，什么东西，叫什么。

……

哼，他懂得比我多。

……

别信他，那声音来自另外一条街。

疯子，疯子，疯子。

她看到街上的孩子们追着他跑，一边跑一边互相挤眉弄眼，最后边的那个用力地挥着手。

钟摆在晃动。

她在房间里踱来踱去，不时地看看挂钟，钟在走，有一点儿声音，像在说话，而她却在漩涡里挣扎。

意义，意义，我寻找的意义，我怎样才能找到，难道也要变成别人眼里的疯子吗？

钟摆在晃动。

那是时间的泪滴，又大又光滑。

她坐在房间里黑沙发一侧。她前面有一面长方形的大镜子，周围堆着很多装香水的玻璃瓶子。

她盯着其中一个看，看着看着，觉得那瓶子就像汩汩清泉，自己穿着宽大的衣服出了门，穿过一条水晶的门廊。

拜尔吉斯：你仔细看，那是水晶，不是水。

当知道面前是香水瓶子，不是拜尔吉斯女王宫殿那水晶门廊的时候，她笑了。但是拜尔吉斯在和她说话：

她记起了土地，意义和真实。

土。

大地，你难道不知道《凯利莱和迪姆奈》的故事吗？

拜尔吉斯皱起了眉头！

你怎么穿上了山鲁佐德的衣服？

喂，告诉我。

当然不是给山鲁亚尔讲故事。

山鲁亚尔是铁血的象征，而山鲁佐德则是这世间的游戏高手。

或许和我交流的人物和我之间有什么联系，但愿我能找到情感与理智的秘密。我的情感，我的理智，和我紧密相关的东西，但是我无法触摸到它们的存在。

正在她茫然之际，一只鸟的翅膀撞上了窗户玻璃。

鸟掉到房间地上，我走近它，高喊："天哪，蝙蝠，你这个讨厌的东西，但愿我能表达清楚内心的情感。"

她笑了，记起一天和伙伴们玩，坐在山鲁佐德的椅子上讲起了蝙蝠的故事。她走进蝙蝠，一下子扑上去。她面对蝙蝠说："告诉我，你这个幸福的夜猫子，好做美梦的家伙，丑陋的东西，你怎么会看的那么远？今天晚上你还想要冒险吗？你怎么不高飞，你会撞上山石掉下来。"而蝙蝠飞快地飞走了，并不理会她的话。

她笑啊笑，随后叹气，她想：拜尔吉斯，假如你和我聊天，会不会被这个家伙打断呢？

蝙蝠睡了，夜深了，钟摆是夜的心脏，是时间的泪。

黑暗掩盖了一切，

疯子分不清白天和黑夜，但是他知道怎样做。

……拜尔吉斯分不清水晶和水。

蝙蝠的头朝下，两脚却挂在高处。

她喊，大声呐喊，用一只手掐着自己的脖颈，另一只手抓着自己的头发。

有人使劲敲门。但是她停不下来！她不想看到任何人，因为她在和自己内心激烈地搏斗。

敲门声更大了。

她摇摇头，从床上爬了起来。

看到的是母亲的脸：

“以大慈大悲的主的名义，孩子啊，你怎么了？”

“哦，怎么了，我也不知道。”

她气喘吁吁，母亲轻轻地抚摸着她。

“有什么吓着你了吗？孩子，还是做了噩梦？梦魇？”

她才知道她刚才在睡觉，但是她的双眼突然转向墙上挂着的那只钟。

钟摆在晃动。

时针指向了凌晨三点半。

返照

日期：伊历1399年9月16日

那个希望。

那个希望充满了她内心，在她看来，如果那希望实现了将是个神迹，就像流星划过天际，把她从站立的这片土地上掠走。当她和流星停留在遥远的太空，睁开眼睛，将看到多么惊骇的一幕！

我发现自己和一个英俊的骑士骑在一匹灰色的骏马背上，就像辛巴达和他的伊拉克女友骑在飞翔的木马上一样，远远地离开了强盗的魔爪。可我，仍然在野兽群中。野兽偷走了我的自由，夺走了我的意志，控制着我的思想和行动，他们对我的笑、我的哭说三道四，甚至于我吃的每一口饭他们都要过问。

“你说的那个骑士是个神话，现在不再是骑士和骏马的时代了。骑士想要跨过理性之墙，却死在了马背上。”但是，她不太在意这样的理性劝说。她说：

“无所谓，就算是梦想，你们也想剥夺吗？”

“喂，你想逃离你的家人，你的父亲、母亲和兄弟们吗？”

“都一样，如果他们想做同样的事情，便与那些野兽没区别，他们的目的全一样。”

她紧张地在房间里走来走去，突然间倒在地板上。那是一间长方形屋子，有床、柜子、小书桌，书桌下有一块精美的地毯，地毯上堆放着七七八八的小物件，鞋子躺在床旁边的角落里。屋子里唯一的窗户关闭着，被一块厚厚的天鹅绒窗帘遮住。有一只苍蝇在房间里飞来飞去，仿佛是要逃离这个无聊的地方，但是没有去处，很快就落到了她的鼻尖上：

“走开，”她用手驱赶苍蝇，“别捣乱，难道非要在这个时候捣乱吗？”

她觉得自己的梦只有片刻，很快就会散去，这苍蝇怎么就不理解她为什么如此悲伤痛苦呢？

只是感觉。一种隐隐的感觉，像命运突然降临，你必须服从，很无奈，没商量。什么东西我们都可以抗拒，唯独这命运，唉，主啊。

她叹息着。

那天，她的房间旁爆发了前所未有的动荡，一阵脚步声、接着是敲门声和还有来得及回应便推开了门的声音。开门的是她喜爱的哥哥。

父亲想跟你谈谈。

她起身，迈着沉重的步伐随哥哥走去。哥哥对她说了一阵，可她稀里糊涂不知道哥哥说了什么，也不知道哥哥想要和她说什么，只是连声道：是的，是的。死寂的家瞬间变得灿烂，一派祥和，仿佛黑暗全都躲进了她内心。这就是她生气地坐在那里打苍蝇时所想到的。

她有一个兄弟，三个姐妹，她是姊妹中的老大。他们在一个屋檐下成长，还有他们的父母。父母一直不和，总是吵架，常常把街坊邻居、亲戚朋友搅合进来参战。这种情况每隔几天便有一次。

有一天，母亲气冲冲地离家出走了，我们追赶，抓住她的袍子，她对我们说：走开，你们这帮“狗崽子”，我要去地狱了。

她走了，我们没能追上，也没有抓住她的袍子。我们抱头痛哭。

我们哭成了一团，没有了梦想，不知如何面对，也不知道应该怎么样去做！

一天，窗帘拉开，太阳酷晒，地面被晒成了焦黄色，就像恹恹的病人，人还没死却挂着死相。门响了，我们以为是母亲回来了，因为我们的心早就跟着她跑了。

这是我爷爷，那是我舅舅、我叔叔……一群邻居的孩子们，跟在后面的是舅妈和婶婶们。

一群人当中没有我的母亲，而母亲远远地在人们前面大喊，所有的人为她的喊声所震撼！

还是那群人，在落日余晖中他们聚集在一起沉默不语，寻找着原因，只是几秒钟的时间，又吵嚷起来，七嘴八舌。

这群人已经移动到了邻居家，不到一个小时，他们就带着我母亲来了。母亲大声地哭着，父亲不知所措，我们不明白她的意思，两个小时或者多一点，所有人都出去了，只有姨母走过去，用命令的语气悄悄对她说：

“别逃了，哼 ，你醒醒吧，男人们只要他们决意这样做，……，我同情你。”

她走了。

我的姨母——“这个卑鄙恶毒的坏女人”，父亲这样说，我好想从自己的心里抽出一柄剑杀死她。母亲擦了擦眼泪，愤懑地走了，而我那柄剑在杀姨母之前先把我自己给杀了。

接下来，一片肃静。那是我们家从来没有经历过的时刻。

啊，我的兄弟姐妹们。

他们走来走去，我不了解他们，只知道他们的名字，只有在这个因母亲这糟心的事难过的时候，才第一次见到他们。

除此之外，“喂，哈立德，到隔壁小店里给我买一个本子，一支笔，还有一些必需品吧。”我说。没有声音，没人回答。只见哈立德的两道眉毛动了动，用后背迎着我的声音。

而父亲要说的，无非是告诫我们，不关你们的事，“在家呆着，你们是现代的女孩”。至于小哈南……

有一天她从同学的书包里偷了钱，回家的路上买了一个皮球，一个动物形象的笔，还有一些糖果！

母亲对这一无所知，父亲隔好几天才见她一次！

她偷了，她买了

明天，还要买什么？偷什么？

哦，母亲，父亲。

你啊，我的父亲，你是一个神秘的世界，除了这两只红色的眼睛，我对你一无所知。每天早晚我吻你的手，如果我不这样做，那天就会是一个地狱般的日子。在他的手里我感到灼热，感到火苗撩着我的手指。

你啊，我的母亲，离我那么远。啊，我听到你说，去把这些衣服洗了，至高无上的主啊，每次我进入你的房间，我发现你在读《羞耻与荒唐》。那书被你的手撕成碎片，同时也撕碎了我的灵魂、我的思想，粉碎了我的神经。

你很少和我说话，说的莫不过是：做饭、打扫、别笑、穿这件、别穿那件……啊，死，死神啊。

我多少次在夜间呼唤，谁也听不见，多少次在白天哭泣，谁也不理我，多少次我找寻能理解我的人，没有。

我太厌倦了，想起了学校。

啊，学校里我有很多朋友，有老师，她们当中总有人理解我，那样我就解脱了。

苍蝇又回到了她鼻梁上。

她烦躁地喊："讨厌的苍蝇！"

一个声音从外面飘进来，时间啊，你怎么如此残酷！这是他的声音。她的丈夫，一个肥胖的老男人。他花白的胡子上粘着一些食物残渣，总是把头藏在红色的短外套下，直到把身体撂倒在床上。我起初觉得他可能是秃头，或者脑子里有病，随着相处时间长了，才知道他头发是卷曲的，已经白了。他总是喜欢赤脚走路。

她被他尖锐而严厉的声音惊醒了：

“起来，我有客人，给我们做饭。”

“好吧。”

“我有别的选择吗，哦，时间啊。”她用力咬住下唇。

她不得不中断自己的记忆，站起身来，慢慢地移动，寻找房间角落里的鞋子。她趴在地上，拿到鞋子，原本沉重的脑袋又撞到了床边上。

他一直站在那儿，两眼瞪着她，闪着怒火，然后一脚踹在她身上，用愤怒又可怕的声音高叫道：“我叫你快点！”

他以为我又在耍花招欺骗他。可，难道说谎不是面对这无休止的灾难的避风港吗？

她对着他抬起头，没有丝毫的前奏就大声说道：

“够了，够了，你为什么踢我，为什么对我这么狠，为什么？什么时候是个头，什么时候？”边说边抽泣。

他没有等她说完就上来一顿痛打，用手，用锁链，然后用脚。

他怒火中烧，叫到：离婚，离婚，离婚！

她叹了口气，泪流满面地笑着，用力撑着自己站起来，用手理理蓬乱的头发，抓起罩袍，低着头，漠视着周围的一切。没有什么值得看，也没有什么可留恋，就像一个急需新鲜空气的人，匆匆走出了那个令人窒息的漆黑。她脚步匆匆奔向大街，泪水在眼眶里打转，好像没有什么值得她哭泣，为青春吗？如何哭，哭什么？有什么可以让青春重来，有什么可以抚平心灵的创伤。

她一路蹒跚，茫然地走着，没有带任何东西，几分钟之前打那只可恶的苍蝇的情节还回荡在脑海里。她不再去想，可那情景一直在头脑里回旋。她“嗯”了一声，用手尖擦了擦鼻涕和泪水，是要从家里跑去学校的同学那里吗？她们只对各种冒险、童话和游戏感兴趣，不论是真是假。

海法的那张脸呈现出来，啊，她被宠坏了，妈妈听她的，爸爸理解她，而且她从来不缺吃少穿。

那个顽皮的嘉黛，她什么都不怕，我害怕和她一起走下去，我的心理问题在于她仍然深藏于梦幻的世界里。

还有苏阿德，她和法蒂亚和焦海拉一样，那么优秀，她们的生活快乐而稳定。

呃，我仍然记得我离开学校那一天，有一个震撼我内心的声音尖叫：你太复杂，太复杂了！

还有另一个声音：跟我来，我们随便去哪儿，享受青春和美丽。让我们笑，我们跳，我们去做任何事情。但还有一些不太友好的伙伴不断地在我耳边重复：不知道你在想什么，你简直是个奇怪的人，在和我们交流之前，你还是先解决一下自己的思想问题吧。

他们所有人都参与了我这一刻的决定。是的，是的。她哭着，毫无目的地走在街头。

哦，如果同学们来到我家，就会知道他们和我度过了这最后的时光。世界，贪婪者，盗贼，迷途者，我所居住的方舟不知道要把我带到哪儿，或者我要去哪儿。

那天，当我完全被剥夺了自主的权利之后，父亲问我是否与他结婚，我下了决心，决定嫁给他，接受他，斩断我和梦想中的那骑士之间的关系。

那是唯一一天，我听到妈妈温柔而慈爱的声音：起来，穿上你最好的衣服。

我有什么衣服可以用最好来形容吗?

她走在路上，眼泪第一次掉了下来。

那条大街重新变回了那天的样子，我第一次见到他，就和他共聚一个屋檐之下。那一天，我和现在一样泪流满面。可现在，我的一切都被摧毁……

那房子，没有鸟儿，没有花园，没有玫瑰和球童花的芳香，没有马叫，也没有马背，没有晶莹剔透的白雪辉映着地面上鲜艳的花朵，没有充满欢声笑语、馥郁芬芳的玫瑰之夜。只有“郁闷加郁闷”。

咦，我的新爸爸，不，我老公，他的手比我爸爸的还长，舌头比我爸爸的还尖刻。

长长的街道将她吞没了。

泪水模糊了她的视野。

远处有一个声音在追她，断断续续。站住，回来，你，不行。

在拥挤的人流中，

她感到头一阵比一阵眩晕，恶心，砰的一声她倒下了，消失在人流的脚下。

在一个现代的家

日期：伊历 1399 年

周围安静极了。

窗帘好像打磨过一般闪闪发光，墙壁摸上去软软的，有毛绒，器皿、家具是水晶的，玻璃的，或者是金色的，空调的声音传来，似乎发出对这漫长折磨的抗议。

这冷气穿透了我的血管。关上空调，我冷得瑟瑟发抖。四肢冰凉，两只眼睛凸起，查看着周围一切光滑的东西。

是夜间吗？不知道。

要么是白天，也许吧。

随便什么时间，只要是我自己知道，自己能确定就行了。

在那个氛围里她无法确定自己在呼吸，无法知道自己有什么秘密，只是感到阵阵胸闷。

她感到有一个又重又大的家伙压在胸口上，扼着自己的脖子，难以呼吸。她的头一蹿一蹿地痛，肠子在咕咕叫，四肢瑟瑟发抖。

为什么又恶心又疲乏。沮丧的心情压迫着我，让我浑身无力。

关上空调！

她用最大的声音喊着，可是没人回应。

光滑的窗帘，水晶的背景，所有闪闪发光的东西都散发出玫瑰的香味，但是改变不了什么，仍是可怕的沉寂。

她突然站立起来，仿佛有一种力量从血液里喷薄而出，从哪儿来的，怎么来的，怎么会控制了她的神经？

她神经质地打开窗户，撕碎窗帘，把那些水晶摆件到地上，然后很快又弯腰一块一块捡起来，重新摔在地上，直至摔得粉碎。周围的一切都被打得稀巴烂，这预示着一场屠杀。

突然，空调的声音停了，那尖叫停止了，原来是她伸手关掉了开关，止住了那噪音。

房间里有了温暖和微风。

太阳从窗户的一个角落照射进来。

她听到外面有声音走近。

伴随着阳光，她有了灵魂，有了活力，她使劲摇了摇头，也许正在走出残余的黑暗。

谎 言 的 时 代

当人类世界丧失了一切自然界的抽象与具象事物作为其存在的标志

谎言的时代啊。

江河干涸，停止了奔流。

它周围的树木、石头朝它喊着渴；小鸟哭诉着无水可喝；青蛙渴得要自杀。

雨云在空中高悬，一动不动！

你这条河，怎么了干了，水呢？

河深深地吸了口气，答："哼，这个谎言的时代。这问题难道不太幼稚吗？"

河的源头本来自高山。

天不再下雨了，农人们聚集在一家门口，有人扛着锄头，他们决定去挖口井。

庄稼开始干枯，身边那一望无际的绿色没有了生气，预示着死亡。

河水呀，你怎么不流了，怎么干涸了？

河深深地吸了最后一口气，道：“这个谎言的时代！原本河水来自山岩。”

人已非人，已经堕落到底了，堕落到最坏的程度了！

河耸耸肩，又道：“哼，这就是问题所在呦！”

人怎么了。谎言的时代！

乐队奏起了哀乐！悲伤的曲调循环往复。树啊，岩石啊，干枯的河道啊，还有的僵硬的青蛙，都无比悲伤。悲伤，悲伤的气息相互感染，相互传递着。

河呀，你为什么干涸了？

河没有回答，高悬在空中的雨云已经不见了，天光大亮，云那深深的颜色好像不会重新浸染这块土地。

农人们开始挖井了！

他们挖得腰酸背痛，胳膊都抬不起来了，有人叫：

“我的镐头折了！”

一堆镐头被扔到地上，没有一个人继续。

河啊，你为什么断流？

河不回答，只是沉默。

一个孩子从一间农舍那边跑来：

“渴啊，渴！”

肿胀的青蛙尸体到处都是。

“渴啊，渴！”

人群中一个不知什么人喊着：“谎言的时代，啊，谎言！”

所有人朝着河床奔去，都以为河床会重新蓄满水，以为那是河水的声音。但是，他们发现竟是一场空。

小孩子喊叫：“渴啊，渴！”

青蛙在求救，它在做最后的挣扎，孩子渴坏了，农人们再次抡起了镐头：

“谎言，谎言！”

这地上已经没有水了！

头顶上的雨云嘲笑他们。

身旁的大树轻蔑地摇晃着头。

石头的用眼角瞟着他们

人们七嘴八舌：

“谎言，谎言。”

土地会提供水源，你们的镐头软弱无力。

“人啊，你为什么堕落至此？”

青蛙吐出最后一口气。

小孩子在烈日下喘息。

男人用脚把孩子踢开。

给他挖个坟，用土把他埋起来。

河笑着道：“人啊，你们怎么还没挖出井来就开始挖坟了？”河也发出最后的叹息：“时代啊，谎言。”

断裂与连接

天啊，雨又迟了。

人们急急地聚在一起祈祷。

没有水。

他们用沙土净手。

但是土地板结，没有沙土，沙土结成了块。他们祈祷，祈祷。

主啊，赐些水吧。主啊，赐些雨吧。小孩子们聚拢在一起，听着：

“祈祷吧，用土净手吧，雨的主，水的主，土的主。”

“这到底是什么意思？这究竟意味着什么？ 我们怎么理解？”

一个小孩问伙伴们：

有声音回答：

祈祷吧，没有水，用土净手。

雨的主，雨啊，快下吧！

天上的云啊，快变成雨呀！

另一个孩子问：

“朋友，那之间有什么联系？”

“天空，雨，礼拜，庄稼，果实，吃食，生命，还有用土净身。”

“是的，是的。”

“联系，那个联系，嗯，是的。”

……那个老人吐出最后一口气：主啊。

……那个正在难产的女人喊着：主啊。

……一堵墙倒了，砸了一个孩子的头，孩子喊：“主啊，我要死了。”

小孩子问：“死？主？生孩子？”

小孩子问：“生孩子？主？疼？”

小孩子问：“疼？主？”

干渴，主。

祈祷，用土净身，及时雨？

生命，生命。

小孩子乐了，把衣角放在自己嘴里，撒腿就跑，主啊，雨啊，主啊。

他摔倒在地，腿受了伤，流了血，真疼啊。

主啊。

他忘了疼痛，睁大眼睛盯着天空。

清晨，爸爸的声音传来：

“起来，礼拜了！”

他装着没听见爸爸的叫声，闭着眼睛，好像睡得很熟。爸爸礼拜的声音悄然钻进他的心里：

{难道他没有发现你伶仃孤苦，而使你有所归宿？他曾发现你徘徊歧途，而把你引入正路；发现你家境寒苦，而使你衣食丰足。}（古兰经：上午章 7—9）

他站立了起来，感受着腿的存在，又看看地面，血已经渗进土里，他想着血和土的颜色。

高喊：“这是土，这儿有土，可以净手了，可以礼拜了，小雨，雨，水。”

他感受到了生命的存在。

一块炭和一块钱

“才四十个里亚尔。”

“不够，不够。”

“那你要多少？”

“多点，再多点。”

“这是50个，再多我没有了。”

“那好吧，主赐福于你。”

他数了数钱，然后提起一个很重的东西，朝着那男人的角落走去。他走近，把提的东西给他。那是一个旧毯子，散发着煤炭、食物和奇异的香味儿。他的处境让他不得不用这个毯子，哪怕只有几个小时。之后他就可以回家了，那里有温暖，安全和干净的被褥！

他盖上毯子，但是寒冷仍然一阵阵袭来。旁边有好多人坐在那里，没有铺盖。他就想，为什么不要一点炭呢？

“哼，你呀。”

那个穿着脏兮兮衣服的胖子又朝他走来，他忙着招待顾客和对付寒冷。

“哈，你要什么？”

“要一点煤炭，点了大家一起取取暖。”

“我们的煤炭不多，每袋的价格 100 个里亚尔。”

“给我半袋吧。”

“你还有 50 里亚尔吗？”

“那四分之一袋。”那人鄙夷地看看他，好像没听见。

“给你我剩下的 25 个里亚尔。”

男人很快给了他半袋炭。一伙人点起了火，围着他坐下来取暖，暖一暖被寒风冻散了的关节。

那是冬日里的一个夜晚，麦加与吉达地区突降暴风雪。我们的主人公决意去麦加副朝觐。他围着天房转圈，默念祈祷词，喝了渗渗泉水，然后马上返回吉达。但是，天不随人愿，还没到家天就黑下来。

但愿我别这么匆忙，已经看到天气发出的警告了，但是心里好像有什么事催促着我。我那个没有成年的孩子就要出国了，他希望几年后回来的时候能成为医生，治愈我的病。我患病多年，浑身无力，为此，我去副朝觐。

路上风很大，而且很拥堵，大雨滂沱，闪电一个接着一个，闷雷不断地击打着地面。大自然的声音无以伦比，暴风雨似乎要摧毁一切。疾风阵阵、暴雨倾盆，自然的愤怒大大超乎人的想象。人喊起来声音传播的范围只不过是一间屋子，或者加上隔壁；要想打人，范围超不过自己身体；即便放眼去找，除了身边有限的距离之内的景物也看不到什么人如此震怒。但是这一晚的电闪雷鸣和暴风骤雨却不同，席卷了很大的地区，吞噬了人、景物和人们的财产，不管是暴露在外的，还是深藏起来的。他们的家什，不论大小，所有的东西，喜爱的、稀罕的、外边穿的、里边穿的，无一例外，只剩下僵硬的身体瑟瑟发抖，还有很少的钱币与别人争着买一些困难时的急需。

长长的道路变成了一幅画，有恐惧、希望、美丽、敬畏，雨越下越大，雨水浸透了大地。正如饥饿可致死一样，“喝多了也可致死”。一切都被洗涤，被冲刷，被淹没。大雨中他在一辆车里和几个人相遇，搭讪起来，这时，车子突然停了。一个人说：

“怎么出去？”

“地上都是水，我们不会游泳！”

另几个说：

“这水流能让咱们游泳？就算咱们会，也……”

“那怎么办？”

“他。”

看啊，有一辆车从咱们旁边路过，把他叫住怎么样？ 咱们和他乘一辆车，也许他不会拒绝？

难道此刻咱们还怕被拒绝吗？咱们现在就像是一群战争的逃兵。一切都没有了。一个人一边说一边哆嗦。

“那你试试。”

那个人把两只手夹在腋下，走过去。

“喂，也许你们也感觉到了，我有关节炎，我已经快六十了，我去冒这个险？你们都是健康的青年人啊。好，没事，没事，我去吧。”

老人慢慢钻出车门，把两只脚放进湍急的水流里，强忍住自己紧张的心情，小心翼翼往前走。他刚走了几步就掉了鞋子，非常恼火。水流湍急，一次又一次几乎把他撂倒。外界的力量在阻挡我们，我们常常以为自己很强大，但是在激流面前我们太软弱无助了。

他走近那辆车，敲了敲车窗玻璃。

一会儿，司机拉开了一个窗户缝：

“我们车子坏了，能拉上我们四个人吗？”

“我担心这车子也会坏。”他显得很不耐烦。

“至少咱们有可能一块儿再走一段路。”那个男人没有回答，扭头关上车窗就走。

场面真是难以想象，他用手招呼伙伴上前，没问车主意见，他们就不由分说打开车门，先把湿漉漉的老头放在了后车座子上。

“你们想干什么，先生，我还没同意。”

“没关系，这是生死攸关的问题。”

很快，几个朋友聚了过来，打开车门，挤了进去。寒冷刺骨，雨水早已把他们的衣服打湿了，有的人还裸露着胳膊腿。其中一个人牙齿咯咯咬着断断续续地说：

“朋友，也许我们能搭你的车到附近找一个可以避雨的地方，等雨停了再走。”

车主一言未发，只能听天由命。他驾着车来到了附近一个地方。在忽明忽暗的闪电中，他们发现好像有红色的灯，外面还罩着一块布。车子费了半天劲停下来。他们迅速钻出车子，觉得筋疲力尽，而且冷极了，但是庆幸终于离开了绵延的公路。有红灯的地方拥挤不堪，到处是水流冲过来的锅碗瓢盆、水桶、衣服和垃圾，水流好像是在进行一场大范围的清洗，哗哗哗地流个不停。他们几个一发现有个温暖的房子，便一头钻了进去。

“你有煤炭吗？”他一边痛苦又疲惫地说，一边用手招呼走过来的男人，那人操着地中海一带的口音，胖胖的，身上穿了好几层衣服，头包着，脚上穿一双厚底鞋。他们把目光投向他，每个人都希望他匀一件干衣服，否则刺骨的寒风都快把他们冻成冰棍了。

“一袋 100 里亚尔。”

“那就先买半袋子。”

“你有毛毯吗？”

“没有，什么都没有。”

说了没有，那男人不再回答任何问题。这时候来了一个年轻人，长得像店主，穿着和店主类似的衣服，他走进我们低声说：

“大叔，我看你冻得直哆嗦，我有毯子，但我爸爸不同意我就不能借给你。”

“那人是你爸？”

“是。”

“我付钱。”

“多少？”

“40 里亚尔。”

他父亲走过来说：

“不够，不够。”

“一口价，50个。”

他走到儿子身边，大声喊：“去拿给他。”

那年轻人取了来，还没给我就伸手要50里亚尔。

“喂，我已经给你毯子盖了，可你的气味太难闻了。我现在去拿炭，你刚才花了50里亚尔买的。人在窘境下万事竟然如此之难。哎，我的天哪！”

他走向炭火，盯着一块炭，那炭烧的通红，就像他此刻陷入沉思的内心。

他开始和伙伴们静静地取暖，低声地交谈。

温暖真是太美好了！

人们真是太渴望、太需要温暖了。

他笑了，提高了声音，所有人都吃惊地看向他。

他好像浑然不觉，笑得歇斯底里，笑得畅快淋漓，笑声中还带着些许嘲讽：

“这世界上，这人，一切的一切都是有价的。人散了，谁也聚不起他们来，只有这钱，哪怕是纸币。”

他起身笑着，笑着，一边笑一边颤抖，就像方才冻得发抖一样。

他站在小店的窗户前。

外面的雨越下越大。

水流冲走了小汽车，路上水中的行人朝着大货车伸手求救。但是货车司机径直将车开走，并不理会。这天气可能谁都没有带够钱。

他觉得有只手搭在自己肩头，回过神来，目光盯着刚才开车的那个沉默的男人，第一次，他听见司机的声音清楚而果断地说：“你和你的同伴刚才乘我的车要付钱的。”

他点了点头，看向那只伸向他的手，笑了，笑了。

炭火温暖了这一群人的手脚。

但是钱却冷却了他们的心。

此时，他兜里一个子儿也没有。

那他笑什么。

车主推了他肩膀一下，叫道：

“别笑了，你要是没钱，就该帮我把车子推到最近的加油站。到了那儿你和你的伙伴就有钱了。”

他没答话，看了看两只赤脚，摸了摸花白的胡子。关节炎引发的疼痛刺着他每一个关节。但是他还在笑，笑，笑。

他想当疯子！

起初：

他说：那只是突发奇想：我为什么不当个疯子。一时间，这个想法完全占据了我所有的感官，使我再也感觉不到其他的东西，一味地在这冥想的王国里徘徊。那样，我就可以在任意时间走在大街上，想上哪儿就上哪儿，想大喊就大喊，想什么时候哭就什么时候哭。要是个正常人，所有人都得骂我，我知道自己没能力一直处于他们那种非理性状态。所以疯狂能使我变得自由，非常自由，自由成为我唯一的目的。

他是一个英俊的年轻人，散发着青春的活力，风华正茂，声音洪亮，没有谁能在激情下用哭声或者歌声压过他的声音。他个子高高的，偏瘦，两只脚就像两只熊掌，平静的时候随意放在哪里，如果勃然大怒，他不在意把脚放在任何人的脖颈之上。

让主诅咒这孩子的父母吧，一群狗，哼，畜生一般的私生子！

他上过不少学。“当然，学无止境，这话自小就是我们贴在本子上的座右铭。可长大了，就是另外一回事儿了！”他说这话带着讽刺。

走出家门，他使劲地把门关上，屋子里睡觉的人顿时吓了一跳。

摆脱了这世界上的一切，进入疯子的世界真是美好。历史上有多少人酷爱这疯狂，这疯狂可以让他们逃避深深的痛苦，而痛苦令这世界光怪陆离，塑造着他们的想象、情感和抉择。他总是时不时地对自己说。

有一天，他读一本科学类的书，看见这样一句话：“社会学家认为疯癫来自于社会环境的影响，不是一种器质性病变，而是一种心理状态。”他停住了，想：“我就是这样，什么样，那些症状意味着什么？”

“哼，我一直问自己那是什么病，可明明知道那是什么病，静不下来，睡不着觉，持续兴奋，没完没了地醒着。”

我多少次自问：颜色是怎么来的？是单一的，还是合成的，为什么单一，为什么合成？　为什么人夜间睡觉，白天清醒？是光线的作用吗？那光线又是什么？

哼，人太复杂了，他们的思维太复杂，如果一个人深更半夜回家，第二天会有很多人七嘴八舌地问：他昨天晚上上哪儿去了？干什么去了？和谁在一起？为什么他白天不去？

哎，我的心呀，为这一切而焦虑。真相在哪里，如何才能得到？

我的心怎么了，我不知道为什么如此焦虑，如此紧张。人啊，我为你们遗憾。自从大地上有了人类，就自相残杀，互相侵略，恃强凌弱。人的内心分不清这世界为什么有贵有贱，有本有末。

哎，一边是装满了奶油、蛋糕、水果等各种食物的罐子被打翻在地，一边是饥肠辘辘，用石头压着肚子睡觉。哼，正确的没有人叫好，人类就像瞎子视之而不见，而错误的却大行其道。

静不了，静不了，那简直就是一个交响乐团，是波涛滚滚的大海。

他叫喊，没有人能听到那一次次深藏内心的呐喊声。

他关上了身后的那扇门。

他遇上一条长癞的狗，便走近摸摸狗的头。狗夹起尾巴要逃跑，他跟在后面追，狗要咬他，但是他干脆把狗抓起来。狗高声叫，他学着狗的样子叫。狗逃开了躺在地上，他也学着躺倒在地。他捡起了一根长棍，用棍子头儿沾一些湿泥，在墙上乱图乱画，画的什么他也不知道，就是一些乱道道，也许“学无止境”。他跑过人群，人们认出了他，招呼他，他也不回答，一会儿学狗叫，一会儿学猫叫，然后趴下爬着走了。

人们摇摇头，可怜啊，他疯了，大家围着他低声议论。他疯了这消息在他的社区和周围传遍了。

他把手高举过头顶，大声笑着，飞快地跑回了家。他的愿望实现了。他变成疯子了！

一天。

几天。

人们把他送进了疯人院，他对着自己伤心地大哭起来：“我在疯子的世界找到了自由，他们以为我真疯了，把我送进了监狱。再也没有自由了。”

这大地就是一座大监狱，人们是囚徒，我活在一个小监室里。

日复一日。

他一直在那间小监室里，真实之美因牢狱而蒙尘。

一秒钟与真理

日期：伊历 1398 年

这是个春日。

正像以往的那些春日，你没有在意具体的时间，哪几个月，哪几周，哪几天，哪几个小时、几分和几秒。

我在那个时间里，站在一面墙边，停了几秒钟，那墙上悬挂着一只大钟！

那是先人们所创造的神奇的钟，古老的大木钟，显示着这古老宅院的隐秘、肃穆和威严。

我看向他，一直在想：你为什么不想和他交流。

他 50 多岁了，坐在一把转椅上，穿着宽大的袍子，头上盖着一块说不清什么颜色的头巾，因为陈旧那头巾已经褪了色。那头巾不是圆的，也不是长的，颜色偏暗。厚厚的镜片下他的两只眼睛一直朝下看，手里拿着一本书。“无论白天或是黑夜，无论我是离开还是回来，他总是一个样，拿着同一本书，看着同一页，我觉得自己生来看到的他就是此时的样子，他就像是这家里的一尊塑像，家里的所有古董摆设可以随时变换地方，可他却一如既往！”

他身后就是那只圆形的大木钟，钟挂在墙上，和他一样永远指向一处：五点差五分二十五秒。

春日里的一天，她回到他身边，慢慢地坐在他旁边，对他说：

“为什么时间在你这里停止了，可它明明吞噬着你的生命？”

他没有回答，沉默着。

“为什么春夏春秋冬不断更迭，年复一年，你却停在一处，穿同样的衣服，戴同样的眼镜，穿同样的鞋子，看同样的书？”

他不回答，沉默着。

“时间永远停在五点差五分二十五秒吗？还是世界只不过是你手中的一本书，书名叫做《生命只一秒》。”

她问完了，以为他不会回答，拔腿要走。

但是，第一次，他漱了漱嗓子，挪动了一下椅子。这让她太吃惊了。第一次，第一次他这么做，他低低咳嗽了一声，好像在牢狱待久了，不会说话了，在练习发声。

他说：

“看上去你并非不了解时间流逝的意义，所以我不回答你的第一个问题，你这个傻瓜，会慢慢明白的。”

“至于你的第二个问题，不回答是因为没有必要。但愿你这个傻瓜不要明白沉默的哲理。”

“至于你的第三个问题，首先，你不知道时间还有意义，不知道时、分、秒的意义所在。其次，你不知道这钟为什么停留在这个时间。”

他又沉默了，一动不动，好像僵化了，脉搏不再跳动。她晃他，喊他，用手打他的脸。

她吃惊，瞪圆了眼，但是他仍然一动不动。她惊惧地后退了几步，自问：“你怎么会以为这是一个真的自然人呢？他到底想说什么，我怎能明白。”

难道说一个人对自己的逻辑满意至极，就会融入其中，而自然消亡？难道说他仅仅止步于自己的彻悟，不去实现自我的价值，只是力所能及地看一眼时间，或者叫住一个人跟他一起看一下，至于时间是结束了，消亡了，还是存在着，继续着，他毫不在意？

她再次看向那钟。

她太害怕了，精神几近崩溃。那钟竟然走了一秒：五点差五分二十六秒。

她退了几步，僵在那里，用手拍打着墙壁。

那是雨季、是搏斗

那是雨。

雨，在他的心头滴入了悲伤，让他泪流不止。“就在昨天，雨对于我只意味着活动活动，一阵冲动让我挽起长衫，在绿色的田野里跑来跑去，用香蕉叶子盖住小小的秧苗，盖住刚刚长出来的葡萄藤蔓，没有在意屋顶上有一些破洞，还打开了屋顶上那个大桶，看了看里面的饲料！”

那是雨。

柏油路旁边那片绿色的园子上哪去了？还有伴着雨季而来的旅游度假人的喊声：

“有房子出租吗？”

“多长时间？”

“一个夏天。”

“两间够吗？”

“还有园子。”

“这块地北边那个角。”

“行。”

啊，现在……

是雨。

雨点停了。

哈米德回想着前几天下雨的画面，说不出的感慨。

你这个冒失鬼，真不知道你要干什么。永恒的记忆啊，在我认识你之前，人们早就了解了你。难道你想把一切都掩藏起来，一丝丝都不留吗？

雷声又响了起来。

这是雨季。

“季节，哼，什么季节？你把我变成了一个囚犯？”

什么季节，让这裹着绒布里子的车崴了我的脚？

什么季节，让去霍达村的路看不见了？

霍达啊。

哎，那已经在我的心里生了根的小苗。

霍达啊。

我的童年、少年，我的青春和死亡。

哈米德低着头思索着。

他们几千个里亚尔就都买走了。

这些里亚尔意味着什么？

仅仅是几张纸，放在风口上就能被吹散。可我难道不能拥有这些钱吗，哪怕是债券。

纸？当雷声阵阵，我看着这几张纸，觉得这简直是废物，就像土地见不到阳光，花儿难以释放芳馨，绿树得不到滋润一样。

也看不到果实那诱人的颜色。

发不出由衷地赞叹，就像驴子那样，只会咴咴地叫，像是为那纸币叹息。

里亚尔在我手里变成了一座房子，一辆奔驰车和一堆华丽的衣服。

却让我远远地离开了土地。

离开了葡萄藤蔓，杏树、木瓜、仙人掌果、西梅果，还有月季和玫瑰的香气，和我原来的家。

那个土房子，有小鸟围着唱歌，有黄莺在树上啼叫，有驴子和羊群在门前吃草。

我抚育它们长大，一天几次挤它们的奶水，孩子们一点也不怕它们。

这些里亚尔啊。

讨厌的里亚尔，倒霉的里亚尔。

雷声又响起来了。

炸响吧，雷声，狠狠地责怪我干的那些蠢事，难道你是生了我的气？

雷发出的声音我理解，也知道如何回应。

因为我学会了理解大自然。

不管她沉默或者发声，每一个季节，她的表达都清晰无比。

雷啊，我过去长期误解你，因为我不懂我自己，我的自我已经丢失了。

雨下起来了。

那是雨季。

那是哈米德所找到的明确的答案。

他抬头看看天。

雷啊，我懂了，雨水难以洗清我的过错。

因为我没有分清里亚尔和土地的区别。

在一场交易中，我走错了道路。

他放眼远处。

雨声提醒他，在他心里唤起了思念，这思念仿佛要撕碎他。他难过地哭了。

霍达。

我的园子。

我的井。

我的土房子。

葡萄藤、木瓜树、玫瑰苗、杏树根，还有石榴、西梅、水果皮的清香。

香甜的味道，成群的牛羊，农民，牧民，大树荫，还有泥泞的小路。

旅游度假的人。

老婆的纺锤。

鸟儿的歌声，兔子的奔跑，驴子的叫声……差别啊差别。

他流泪了，两手热乎乎的。

本与末。

永恒与消亡。

光明与黑暗。

真与假，怎样才能认清它们。

分清真正的爱和一时的情感。

雨停的时候。

一道闪电划过。

雷声滚滚席卷着灰色的天幕。

来了，你听到了它的滚动、来自四面八方，哈米德把目光投向天空。

是的，雷啊，真的爱不是短暂的情。

那是大地。

不是里亚尔。

土地是实在、是爱、是真实。

里亚尔只是工具。

我用工具杀死了我的实在、我的爱，我的真实。

哈米德哭了很久。

很久，很久。

雨一直下。

那是雨季。

哈米德哭着，踏上了曾经属于自己的土地。

邻居的声音传来：

哈米德。

他恍惚地看了一眼。

你有度假的房子了吗？

哈米德一直痴痴地看着天。

哈米德，这是雨季。

哈米德转身，脱下了鞋子。

慢慢地，他把手伸向天空，用力地拍打着自己的脑袋。

天空电闪雷鸣，雨水拍打着树梢。

霍达村那树、雨、水果的芳香顿时钻进了他的鼻息。

废井

（当羊儿耸起鼻子）

日期：伊历 1401 年

牧羊人没有停顿，费了半天劲儿才将羊群带离了水井。

伴着羊咩咩的叫声他醒了。

眼角流下一滴泪。他心痛不已。

这里，过去，畜群在这里吃草，几个世纪，几十年，十年，一年，几个月，几个礼拜，几天，现在井干了，生命停止了。

没有一只脚再踏足此地。

他两眼望着枯井。

这里是它们的脚印，还有那里。

“但愿我读的懂这些印记。”

那样，也许他们的足迹会告诉我记刻在这土地上的漫长的斗争。

那样多痕迹，水桶的、井绳的、骆驼的尸骨和粪便，有的痕迹很深，好像深深地印刻在我的心里。

咩咩咩，羊群在叫。

嘘，别急，咱们接着走，别生气，别为着干枯了的牧场恼火。

牲畜们看看他，散开了！

哼，就连你也恋旧吗。

牧人走了。

带着他的羊群。

羊群看到这地方，想起了过去，这地方，这季节，绿色，水源。

突然，它们看到了那么多尸体，人的，横七竖八地躺在那儿。

一只羊踌躇着，耸了耸鼻子。

人啊，不管是活的，还是死的，都是我们的麻烦。

牧羊人想起自己应该出个声，吆喝起来。

轻柔，但是哀伤，吆喝声从早到晚都不会停。

也许那声音让我明白沙漠，无论温柔还是残酷都是灵感的来源！

在城市的边缘。

羊群拐了弯儿。

光芒四射，但是太刺眼。

牧人还以为畜群还在荒野里。

他伸出手，好像要拥抱这群羊，但是手太小了，抱不下这么多。

他想把羊群集中起来。

可是羊群好像惊了，恐惧地四散奔逃。

并不是所有的亮光都代表真正的光明。

牧人坐在路边。

他继续自己的回忆。他想着有一些老歌，可以唱给羊群听，唱给时间与空间，唱给那口井，还有牧场。但是想不起来了。

那口废井的回声还在耳畔，他回身把头探到宽大的、黑漆漆的井口里，对井说话。井传来他的回声：

喂，人，你在哪里，在哪里，在哪里。

生命在哪里，生命，生命。

牧场在哪里，牧场，牧场。

水在哪里，水，水。

过路的人们在哪里，人们，人们。

回声荡漾：印记，回忆，人在光里消失了，灵魂消亡了，回声，回声，回声。

突然，他想到他们的遗体不就在那公路上吗！

失去

日期：1401 年

地点：利雅得

“喂，进这牢房只有几个小时而已，这群女人就聚在了一起，喊喊喳喳讲起她们的过错。每个人都难以忘记自己是怎么被塞进这牢房的。那一天，天哪，我为什么来到了这里，我不知道，真不知道，也许，最好的办法就是睡觉。”

她把罩袍蒙在头上，在牢房的一个角落里展开了自己的腰身。

吵闹，高声的笑，女人们一边笑，一边剥着手里种子的皮。

哦，在监狱里还在想着不正经的事儿，还在想着那人。

她想翻个身，继续睡，就把身体蜷了起来。可最后没办法，只好又坐起来，把两只手握成拳抱着膝盖，把疲惫而恍惚的头放在手上，沉默地看着她们。

一个人走近。

“你怎么回事啊，打从入狱，你就沉默不语。”她拍拍她的后背笑着说，“明天你就习惯这儿的生活了。”

凄惨至极，穷困潦倒，一无所有，还有饥肠辘辘。

她觉得眼前的一切那么暗淡、模糊、漆黑，甚至那女人的笑声也丝丝的，像毒蛇吐信子一样。

“她从喉咙里发出的声音就像魔鬼在旷野里发出的声音，令我浑身发抖。我不知道自己怎么来的，不知道，昨天？他们为什么把我弄到这儿？”

昨天，她正在家里的衣服堆里找那个药片，那药每天都要服用一次。突然间，有人用力地敲门。她打开门，一个穿制服的问：

“这里住的是萨阿达·阿卜杜吗？”

“我就是。”

“我受命检查你的家。”

“先生，为什么？”

“你被控吸食毒品。”

她的心乱了，毒品。

“不，不会，先生，我绝对不会吸毒。”

我的自尊难以忍受这检查，我很害怕。

“请，请，查吧。”

“你站远一些，站在那儿。”

那军官走进来，检查了三间卧室、一间储藏间、一个装满杂物的柜子、还有厨房。她此刻才发现那里那么脏。他查完了，她说：

“抱歉，太脏了。”

“你有没有药片？”军官喊。

“有，每天都要服用的药片。”

“给我看看。”

“请。”

“你被逮捕了。”他看了看药片说。

“为什么，你没有查到什么呀？先生。我走了，那个坐在门边上的瞎老头怎么办？小孩子谁来照看？”

“罪孽，你的罪孽，是你一手造成的。”

我一手造成的？

我干什么了？

我不知道自己为什么被囚禁？

毒品，药片，睡眠，站不起来，她浑身发抖。

“不，不，”她拼命摇头，想要驱散某些想法，“不，那些药不可能是毒品，不。”

“为什么不呢，我服用了就睡着了。”

我无意识地唠叨着：“我每天已经习惯服用这药片，很渴望，就好像药片在召唤我。”

那天，

他丈夫与她离婚那天，偷走了她所有的金饰，模仿她的签字抢走了房契，翻走了她口袋里全部的钱财，揪着她的头发，把她推搡到大街上。她就像个疯子，飞快地跑到哈密达——居民区里那个会看病的老女人的家。

她拼命地敲门。哈密达开了门，好像知道萨阿达发生了什么，知道她此刻会来找她似的。她拍拍萨阿达的肩膀，见她哭得很伤心，脸上划破了在流血，衣服从袖口一直破到了前胸。她用平静的语气说道：

“主已经知道了你的灾难，没事的，我会让你重新拥有丈夫和孩子的。”

此刻，萨阿达吃惊地看着这老女人，一言未发，心想：她可能习惯那样说，她是在安慰我吧。

一会儿的工夫，哈密达拿来了一杯水和几片药。

“你的头疼很快会好的。”

她就像一位医生。我从她手里接过药片，吞了下去。每天我睡觉之前，她都会拿来几片药，直到我醒来看清了那药，才放下心来。我难以忘记那些痛苦的事儿，只有吃了那药睡着了才缓解。

萨阿达一直吃那个药，但是“买药需要钱，要把钱给我”。“我，一个女人，处在这样的状态下，你无论如何都要帮我弄到药。”

但是，怎么弄？

“我哪来的钱，我连纸币都没有，更别提金子、银子了，甚至我连蔽体的衣服都没有。多亏这老太太行善，给我吃的和穿戴。难道这是交易？你以为她是你丈夫吗？那她要我做什么？”

直到那一天，哈密达来到她身边，皱着眉头，低声严肃地说：

“萨阿达，你在这里就好像在自己家，我就好像是你的母亲，但你要知道这责任有多重。你的花销、吃的、穿的还有药片。吃的、穿的倒也没什么，住的也好说，和我住在一起就行了，可是……”

“我欠您这么多，怎么办呢？”

“没事儿，我给你找个老公吧，你一定会接受的。他有房子，有很多钱，有几个没娘的孩子。”

“小孩子？”

小孩儿让我把这事情定了下来，因为打从结婚我就没孩子，邻居家女人死了，丢下两个孩子我想领过来自己抚养，但丈夫不让，他什么事也不允许我做。

哈密达耸了耸肩，道：

"萨阿达，你想什么呢？你说什么？"

"没事儿，没什么。"

我嫁给了他，直到结婚那一天，我才知道，他蒙骗了所有的人。他并不是一个聪明能干的人，却有一群小孩子嗷嗷待哺。他除了一所房子什么也没有。我只好在别人家帮佣才能维持日常的生活。

迷茫，失落，孤独，贫穷，空虚，我的精神几近崩溃，于是想起了那药。我又去找哈密达，想要一些药，她把我推给了她的邻居法利赫。

那天，我敲响了法利赫的门，他开门斜着眼瞄了我一下，然后伸手一把拉下了我的罩袍。我好害怕，这事儿对我来说太大了。直到他拿到了药钱，才放我回家。

我不敢在镜子里看自己的脸。那天，法利赫凑近我，用强壮的双臂环抱住我，越抱越紧。我叫出声来，但是难以逃脱。他拼命吻我，想要把我撕碎，我一边挣扎，一边用衣服遮掩自己。他给了我很多药片，我接过药片转身扔到他的脸上迅速逃开了。今天我才知道，为什么哈密达那日晚上来找我，给了我一些药片，无偿地，当我拒绝时，她微笑着说："你今天比以往更加需要这药片。"

萨阿达看看自己的狱友们。

深深地叹了一口气。

这里，有多少哈密达，

又有多少萨阿达啊？

黑猫

（古老麦加一所房子里的拉马丹之夜）

日期：伊历 1401 年 10 月 26 日

母亲急切的声音令她感到恐慌，她只好踮着脚尖走。“法媞玛，到楼上去，到你姨家把她那个白轴线拿下来，告诉她，我用完了就还给她。快点儿，快点儿，法媞玛。”

她钉在原地，道：

“天啊，但愿我还在和那些人聊天，那母亲就不会叫我到楼上去了。天啊，那只黑猫正在楼梯上等着我呢。”

母亲催促着：“法媞玛，动一动，快一点儿，我都快停工了。”

在母亲发出警告之前，她已经跨出了第一道门。他们两家住在一所大房子里，她的家在一层。

夜黑漆漆的，黑的有点吓人。我们为什么要住在这所古老的房子里，住在一层，而姨家住在最高一层。我对她说过好多次，姨妈，搬下来住吧，那样会离我们近一些。四层离我们太远了。我自己上楼，特别是晚上太黑了，太黑了！

我向楼上挪了几步，又停下来，好像看见有坏人藏在没有人居住的楼层的某个洗澡间里，也许那人会向我扑来，掐住我的脖子，天哪，好害怕！

突然间，她想起了那只黑色的猫，顿时觉得浑身发抖，手脚冰凉，肚子一阵绞痛，心突突地跳个不停。身后，妈妈的声音又响了起来："快一点儿啊！"

她心想：我要上去、下来两次，四次冲破这黑暗，不，不行，可我怎么对妈妈说呀。

她小心翼翼地说道：

"妈，你看咱们一块儿上去好不好，去看看姨妈，然后把线拿下来。"

话还没说完，妈妈就叫了起来："还没去吗？你这个倒霉鬼，我知道你胆小，走，快去！"

她还是没有动，害怕极了，一直在发抖。

“妈妈，妈妈，我害怕呀，要不你给我点上一盏灯，我上去再回来。”

“什么话，死丫头，你没看见我忙着在缝纫机前给你和你的兄弟们做节日穿的新衣服吗？十三天，还有十三天就过节了，你让我坐在黑乎乎的楼梯上给你打灯，等你上上下下，我这活儿什么时候干完呀？”

“快去，灯没必要，快，胆小鬼。”

她的心像要跳到头顶上了，全部神经、全部血管都集中到了小小的脑袋瓜里。血压伴着心跳，压力巨大无比。好像脑袋要和身体分家似的。

突然，她想：

我跑着上去。

我一边跑，一边大声和自己说话，就到了。

我坚决不想我是一个人，在黑暗里就我一个人。我不会撞到什么东西的，我一个台阶一个台阶往上走，一层一层走上去，就算遇到什么，就假装没看见，不听也不看。我不会看见那只